길

조정래
사진 여행

길

해냄

길

사진은 세 가지 특징을 지니고 있다. 역사적 기록성과 증언력, 삶의 추억과 냄새까지 되살려내는 재생력, 아름다움을 더욱 아름답게 재창조하는 예술성이 그것이다. 그래서 '한 장의 사진은 역사를 바꾼다'는 말이 생겨났고, '남는 건 사진밖에 없다'는 말이 모든 여행자들의 입에 오르내리고, 아름다운 경치 앞에서 '에이, 사진만 영 못하네' 하는 말들을 흔히 하는 것이리라.

어쩌면 글도 그 세 가지 특성을 가지고 있으나 사진 앞에서는 기를 펴기 어려운 게 아닐까 하는 생각을 가끔 하게 된다. 화가들이 대자연의 가지가지 절묘한 경치 앞에서 절망적 탄식을 하듯이 작가들도 빼어난 사진들이 품고 있는 그 세 가지 특성에 맞닥뜨릴 때마다 절망적 탄식을 아니 할 수가 없다.

극적 장면을 담은 한 장의 사진이 내뿜는 현장성, 생명감, 충동성, 고발성, 응축미, 불변성 같은 것은 글 쓰는 자를 순간적으로 압도하면서 절망에 빠지게 한다. 한 장의 사진이 한순간에 분출시키는 그런 의미들은 글로 말하려면 얼마나 길어지고, 그러면서도 그런 느낌에 얼마나 미치기 어려운가. 그런 특성이 사진만의 고유 영역이고, 존재 이유이리라.

인생이란 추억 만들기다. 그 추억을 섬세하게 그리고 오롯하게 엮어낼 수 있는 것이 사진이다. 작가로서의 삶을 70을 넘겨 그 중반으로 가고 있으면서 이제는 추억을 더듬을 만한 세월이 되지 않았을까 하는 생각이 들었다. 사진들을 간추리고, 그 아래 설명 아닌 '추억'의 조각들을 짜맞추려고 해보았다.

몇 년 전에 엮었던 『황홀한 글감옥』이 글로 보는 '조정래'의 자서전이라면, 이번의 『길』은 사진으로 보는 자서전이 아닐까 한다.

사진을 간추리다 보니 작품으로 성장하는 모습보다는 대머리가 되어가는 모습만 뚜렷이 보여져 입맛이 쓸쓸하다. 어느 날 두 손자에게 "할아버지 대머리가 창피하지 않아?" 하고 물었더니 작은손자놈이 대뜸 "아니요. 그건 할아버지 스타일이잖아요" 했고, 큰손자놈은 소리 없이 웃으며 "괜찮아요" 해서 나를 구해 주었다. 그 말에 위로받으며 이 사진집을 내놓는다.

2015년 8월

조정래

2부 조정래의 문학 세계

1부

조정래의 삶과 문학

제복이여 잘 있거라

사회생활 시간에 일제 시대를 배우다가 안중근, 유관순, 청산리대첩밖에 없어서, "우리나라 사람들은 다 무엇을 했길래 책에 이것밖에 안 나오느냐"고 질문했더니, 선생님은 "건방진 놈, 담에 크면 알게 된다"고 말씀하셨다.

돌 사진. 〈1944〉 (위)

피난지 논산에서 벌교로 이사한 첫해인 국민학교(초등학교) 4학년 때 벌교상고 운동장에서 외사촌형의 사진기 앞에 한껏 포즈를 취한 게 이렇다. 검정 고무신이 시대의 가난을 보여준다. 〈1953〉 (아래)

벌교북국민학교 6학년 10월 수학 여행 때 순천 선암사 대웅전 앞 3층 석탑. 옆은 담임 선생님. 가난한 아이들이 못 가는 일이 없도록 하기 위해 6학년 전체가 1주일 동안 벼 베기를 해서 돈을 모으고, 트럭을 타고 떠난 수학 여행이었다. 〈1955〉 (왼쪽)

왼쪽은 5학년 때 담임인 김기상 선생님인데, 이분은 나의 글짓기를 기특하게 여겨 1등상을 많이 주신 분이다. 오른쪽은 6학년 때 담임 한규필 선생님인데, 사회생활 시간에 일제 시대를 배우다가 안중근, 유관순, 청산리대첩밖에 없어서, "우리나라 사람들은 다 무엇을 했길래 책에 이것밖에 안 나오느냐"고 질문했더니, "건방진 놈, 담에 크면 알게 된다"고 하신 분이다. 〈1955〉 (오른쪽)

벌교북국민학교 6학년 2반 졸업 사진. 맨 뒷줄 왼쪽에서부터
다섯 번째가 나. 〈1956〉 (위)

왼쪽부터 한규필 선생님, 나, 오른쪽 김기상 선생님. 국민학교
졸업을 아쉬워하며 찍은 것인데 허망하게 흐른 세월이 죄라
서 두 친구의 이름이 감감하다. 〈1956〉 (아래)

광주서중학교 3학년 8월에 광주학생운동 기념탑 정원에서
형(조진래)과 함께. 형은 광주제일고등학교 3학년이었고, 현재
인천대학교 영문과 교수. 〈1958〉 (왼쪽)

어느 일요일의 나들이. 왼쪽부터 어머니, 셋째 동생 건래, 중
2의 나, 작은누나 계덕, 형 진래. 〈1957〉 (오른쪽)

광주서중학교 3학년 때 무등산 소풍(정상의 입석대). 해마다
소풍은 으레껏 무등산이었다. 다른 많은 학교들도 마찬가지
였고, 광주의 무등산은 그런 명소였다. 〈1958〉 (왼쪽)

어느 일요일, 어머니를 모시고 무등산 등산. 왼쪽부터 어머니
의 친구분, 어머니, 나, 작은누나 계덕. 〈1958〉 (오른쪽)

광주서중학교 3학년 때. 그 시절 이런 사진이 대유행이었다.
위의 것이 광주서중학교의 상징인 그 유명한 '광주학생운동'
기념탑이고, 아래의 것이 학교 모습이다. 〈1958〉

서울 보성고등학교 1학년 때의 어느 날. 왼쪽 뒤에서부터 미술평론가 유성웅, 화가이며 미술 교사인 이경일, 나, 뒤가 화가이며 사업가인 석풍장. 〈1959〉 (왼쪽)

광주서중학교 3학년 때.
고등학교 입학원서에 붙이려고 찍은 사진이다. 〈1959〉 (오른쪽)

보성고등학교 2학년 때. 오른쪽이 나, 왼쪽은 소식을 알 수 없는 친구 박태문. 전국 고등학교 중에서 유일하게 머리를 기르고, 교복에 이름표를 달지 않아 다른 고등학생들의 질시와 부러움을 동시에 샀다. 그러나 다음 해에 일어난 5·16으로 강제 삭발을 당해야 했다. 〈1960〉 (아래)

보성고등학교 등산반의 백운대 우이암 등반. 앞줄 오른쪽부
터 세 번째가 나. 1학년 체력검사 때 2천 미터 달리기에서 1등
을 하는 바람에 등산반에서 특별 스카우트를 했다. 그 인연
으로 오늘날까지 등산을 하며 건강을 지킨다. 〈1960〉

보성고등학교 3학년 때 역도반에서 활동할 당시. 개교 55주년 기념 특활반 전시회 때 전시된 것이다. 아버지(시조시인 조종현)가 문예반 지도 교사였기 때문에 나는 운동반으로만 배돌았다. 이때 가슴둘레가 110센티미터 정도였고, 턱걸이를 60번쯤 했다. 그 시절의 체력 단련 덕으로 오늘날까지 끄떡없이 견디는지도 모른다. 〈1961〉

보성고등학교 3학년 때. 이 사진 뒤에 "제복이여 잘 있거라"라고 적혀 있다. 제복에 대한 아쉬움인지 지겨움인지 그 의미가 야릇하다. 고교 시절의 마지막 하복이라는 의미로 시원섭섭한 감정의 표현이 아니었을까 싶다. 〈1961〉 (왼쪽)

보성고등학교 3학년 때. 졸업 앨범에 들어간 사진이라 빡빡머리가 약간 길었다. 이때 국문과 지망은 결정되어 있었고, 유명한 시인이 될 꿈을 간직하고 있었다. 하루에 시 한 편씩이 저절로(?) 씌어지고, 여섯 달 동안 하루 두 시간씩밖에 자지 않고 대학 입시 공부에 정신없었던 시절이다. 〈1961〉 (오른쪽)

졸업 앨범에 들어갈 클럽 사진을 찍으려고, 배경 좋은 경희대
학교 본관을 찾아갔었다. 뒷줄 오른쪽 첫 번째가 나. 고등학
교 3학년들이 사진을 찍으러 온 것을 알고 갑자기 분수를 솟
게 한 대학 쪽의 신속한 친절이 기억에 새롭다. 아홉 중에서
몇이나 경희대학교에 지망했는지 모르겠다. 〈1961〉 (왼쪽)

보성고등학교 졸업식 날. 오른쪽 첫 번째가 나. 가운데 한복
을 입은 분이 국어 교사였던 수필가 윤오영 선생님이다. 네
반 240여 명이 졸업을 했는데 문인이 된 사람은 나 하나다.
〈1962〉 (오른쪽)

청춘의 빛과 그늘

　김신조로 대표되는 무장 간첩 침투로 복
무 기간이 갑자기 6개월이나 더 연장되어
꼬박 3년을 군대에서 '썩었다.' 3년 만에 받
은 것은 더 이상 쓸모없는 저 허름한 제대
복과 검정 운동화. 분단은 이 땅의 젊은이
들의 인생을 그렇게 학대했다.

전통과 권위를 자랑하던 동국대학교 문학의 밤에서 시 낭독.
재학생 중에 이미 기성 시인이 된 사람이 네댓씩이나 있었던
상황에서 1학년에게 할애된 자리는 단 하나. 거기에 뽑혀 시
낭독을 한다는 것만으로도 큰 영광이었다. 그래서 형의 양복
도 빌려 입고 머리도 단정하게 깎고. 〈1962〉

동국대학교 1학년 때. 왼쪽이 나. 앉은 이는 시인 임웅수. 검정물 들인 군인 작업복 상의는 그 시절 대학생들이 가장 애용했던 옷 이다. 그건 멋이 아니라 가난의 상징이었다. 〈1962〉 (왼쪽)

동국대학교 2학년 때. 왼쪽 첫 번째가 나. 교내 행사 기간 동 안에 열린 국문과의 시화전 작품이 뒤에 보인다. 오른쪽 첫 번째가 시인 강희근. 두 번째가 시인 문효치. 나는 1년 동안 시를 쓰다가 포기하고, 이때는 이미 소설을 쓰기로 작정하고 '창작문학회'를 만들어 총무를 맡고 있을 때. 5·16 이후 대 학생들도 교복을 입어야 했다. 〈1963〉 (오른쪽)

ROTC 1기생인 형이 소위로 첫 휴가를 나왔을 때다. 가족이 모인다고 다 모였는데 4남 4녀 8남매에 아버지, 어머니까지 열 식구 가운데 아버지와 작은누나가 빠졌다. 어머니(앞줄 왼쪽 두 번째)의 근심스런 얼굴에 삶의 고달픔이 서려 있다. 내가 입은 양복은 형의 것을 물려 입은 것이다. 그 시절 옷들을 물려 입는 것은 가난을 이기는 미덕이었다. 뒷줄 왼쪽 두 번째가 총 서열 다섯 번째인 정덕, 그 옆이 여섯 번째인 성덕, 앞줄 오른쪽 첫 번째가 일곱 번째인 건래, 그 옆이 첫 번째인 양덕, 왼쪽 끝이 마지막 여덟 번째인 광래. 〈1964〉

대학 3학년 때. 〈1964〉 (위)

동국대학교 석조전(현재 명진관) 앞에서. 앞의 왼쪽이 학교 교
사인 유근택. 오른쪽이 시인 임웅수. 뒤의 왼쪽이 나. 오른쪽
이 소식을 알 수 없는 승만이. 〈1964〉 (아래)

바위 많은 수락산 등산. 뒷줄 왼쪽부터 동국대학교 철학과
정종 교수, 출판인 윤청광, 두 사람 건너 불교학자 김지견, 세
상을 떠난 시인 송혁, 앞줄 오른쪽이 나. 〈1964〉 (위)

연인인 김초혜(가운데)와 함께 백운대 등산. 왼쪽이 나. 오른쪽
이 김초혜의 사촌동생 김규찬. 그 당시 이미 김초혜는 문학
지 《현대문학》의 추천을 받고 있던 시인이었다. 그때부터 나
는 소설가가 되기까지 장장 6년 동안 시인을 모시고 사는 문
학 청년의 수모(?)를 당해야 했다. 〈1964〉 (아래)

교과서 사기가 어렵도록 가난했던 시절에 연인에게 줄 선물을 살 돈이 있을 리 없었다. 그래서 김초혜의 환심을 사려고 겨울방학 동안 정성을 다 바쳐 손수 그려준 펜화. 민주주의를 가장 으뜸가는 인간 존중의 가치로 여기고 있어서 노예해방을 실현시킨 링컨을 존경하고 있었다. (1963년. 원본은 김제 '아리랑문학관'에 있다.) 〈1963〉

동국대학교 철학과 정종 교수는 등산 모임 '수락산우회'를 평생 동안 이끌었고, 얇으나 알찬 내용의 책도 가끔 묶었다. 수락산우회에서는 일요일마다 서울 근교의 산을 빠짐없이 올랐고, 방학 때에는 멀고 높은 산들을 찾아가기도 했다. 나는 김초혜를 이끌어 회원이 되었는데, 그건 목적이 딴 데 있는 음모였는지도 모른다. 한라산 등반. 오른쪽 두 번째가 나. 〈1964〉 (왼쪽)

한라산 등반을 마치고 하산한 서귀포 해변에서. 뒷줄 왼쪽 두 번째가 나, 그 옆 모자로 햇빛 가린 사람이 김초혜, 한 사람 건너가 단장 정종 교수. 〈1964〉 (오른쪽)

유일한 목표였던 소설가의 꿈은 이루지 못한 채 사각모만 덜렁 썼다. 그나마 청춘 사업의 성공으로 대학 4년을 위안 삼아야 하는 나를 기다리고 있는 것은 군대뿐이었다. 〈1966〉 (위)

동국대학교 국문과 졸업식에 온 식구들. 왼쪽부터 형, 아버지, 동생 건래, 어머니, 큰누나. 〈1966〉 (아래)

축하의 꽃을 달아준 애인 김초혜. 이 철없는 두 청춘이 철들게 약속한 것은 문학 인생을 함께 가자는 것이었다. 〈1966〉

육군 사병이 되어 어쩌다 나오는 주말 외출 때 빼놓을 수 없었던 행사가 김초혜와의 데이트. 가난했던 그 시절에 어쩐 일로 스냅 사진사들은 그리 유행이었던가. 〈1966〉

1967년 1월 29일. 눈이 내리던 그날 김초혜와 조선호텔에서 결혼식을 올렸다. 주례는 시인 서정주. 머리 짧게 깎은 일등 병에게 시집온 김초혜의 고생이 시작된 날이다. 결혼 10년 세월이 넘도록 아내가 앞장서 가난을 헤치느라고 겪어낸 고생을 생각하면 죽는 날까지 내 가슴은 시리고 아릴 것이다.

좀 색다른 군대 카투사는 내가 미국을 색다르게
보게 했다. 등단 작품 「누명」에서부터 그 체험은
표출된다. 공주 마곡사로 떠난 훈련 겸 야유회. 왼
쪽이 나. 〈1967〉 (위)

5대 장성 중의 하나라는 육군 병장. 이 계급을
달기까지 내 청춘 2년이 바쳐졌고, 형을
비롯해 우리 4형제는 하나도 빠
짐없이 병역의 의무를 충실하
게 마쳤다. 〈1968〉 (아래)

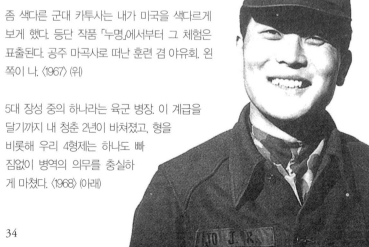

34

제대하던 날. 뒷줄 오른쪽 두 번째가 나. 김신조로 대표되는
무장 간첩 침투로 복무 기간이 갑자기 6개월이나 더 연장되
어 꼬박 3년을 군대에서 '썩었다.' 3년 만에 받은 것은 더 이상
쓸모없는 저 허름한 제대복과 검정 운동화. 분단은 이 땅의
젊은이들의 인생을 그렇게 학대했다. 〈1969〉

원고지 위의 인생

어느 토요일 저녁 7시쯤부터 책상에 앉았다. 마음먹은 대로 다 쓰고 나서 고개를 드니 창밖이 훤했다. 시간이 어떻게 된 것인지 영문을 몰라 잠시 어리둥절했다. 그러고서야 밤을 꼬박 새운 것을 알았다. 잠 한숨 안 자고 130매를 써댄 것이었다. 그것은 내 작가 생애에 최초이며 최후의 기록이 되었다.

소설 『갯마을』, 『메아리』의 작가 오영수. 선생님은 몇 년에 걸쳐 나의 설익은 소설들을 읽으며 짜고 맵게 지도해 주셨고, 1970년 마침내 《현대문학》에 추천을 시켜 소설가의 길을 열어주셨다. 이분은 문학에 대한 엄격주의 때문에 제자를 많이 두시지 않았다. 공부를 할 때는 불만도 많았지만 그 엄격주의의 채찍이 오늘의 나를 있게 했음을 선생님이 세상을 떠나신 다음에야 뒤늦게 깨닫고 있다. 선생님은 화가 지망생이었던 것처럼 붓글씨가 높은 경지였을 뿐만 아니라 만돌린 켜시는 솜씨는 가히 일품이었다. 〈1968〉

동구여상 교정. 우리 부부는 교장 선생님 부부와 한 짝을 이루는 부부 교사였다. 대한민국에서 처음이고 마지막 있었던 일이다. 취직이 되고 소설가가 되고, 내 인생에서 가장 행복했던 해가 아니었을까 싶다. 학생들이 붙인 우리 부부의 별명은 '잉꼬 부부'였다. 〈1970〉

문학적으로도 생활적으로도 고민이 많던 시기였다. 무엇을 쓸 것인가, 어떻게 쓸 것인가 하는 고민과 함께 많이 쓰고 싶은 욕심은 동하고, 날마다 고등학교 입시를 앞둔 중 3을 가르치는 일에다 담임까지 하면서 잠시의 틈도 없고, 셋방살이를 빨리 면하려고 빚까지 내서 산 12평짜리 아파트 때문에 경제적으로 쪼들리고 천상 글은 밤을 새워가며 쓸 수밖에 없었다. 중편소설 「청산댁」을 앞부분 50매 정도만 써놓고 서너 달이 지나 더는 미룰 수가 없어서 어느 토요일날 저녁 7시쯤부터 책상에 앉았다. 마음먹은 대로 다 쓰고 나서 고개를 드니어찌된 일인지 창밖이 훤했다. 시간이 어떻게 된 것인지 영문을 몰라 잠시 어리둥절했다. 그러고서야 밤을 꼬박 새운 것을 알았다. 「청산댁」은 총 180매인데, 잠 한숨 안 자고 130매를 써댄 것이었다. 그것은 내 작가 생애에 최초이며 최후의 기록이 되었다. 그러나 곧바로 쓰러져 밤낮 사흘 동안을 그야말로 인사불성으로 앓았다. 사진: 김초혜 찍음. 〈1971〉

호수 그릴에서 부부 작품집 『어떤 전설』 출판 기념회. 우리는 부부 문인인 것이 자랑스러워 첫 번째 작품집을 함께 꾸몄고 이 최초의 일에 문단은 박수를 보내주었다. 왼쪽부터 시인 서정주, 김초혜, 문학평론가이며 《현대문학》 주간 조연현, 나. 두 분은 우리 대학 시절의 스승이었다. 〈1972〉 (위)

출판 기념회에 참석한 소설가 오영수(왼쪽)·황순원(오른쪽) 선생. 두 분은 내 소설을 《현대문학》에 추천시켰다. 〈1972〉 (아래)

경복궁 경회루 앞에서. 뭐가 좋아 그리 웃느냐고 한다면 보고 보고 또 보아도 보고 싶고, 서로 마주 보면 절로 웃음이 나온다고 할밖에 없다. 아내는 정말이지 무일푼인 나와 결혼해서 고단한 삶을 살아내느라고 시 쓰는 일도 한동안 중단할 정도로 혼신의 힘을 다 쏟았다. 그러면서도 내가 쓰는 글은 두세 번씩 꼼꼼히 읽어 흠이 될 것 같거나 틈이 보이는 부분들은 일일이 지적해 주는 열성을 보였다. 나는 그때마다 화를 내지만 결국은 꼬박꼬박 다 고쳐서야 발표를 하고는 했다. 아내는 내 소설의 첫 번째 독자이면서 감수자고 조정자고 감시자다. 그런데 한 가지 분한 사실이 있다. 아내의 그 고마운 수고에 답하느라고 내가 아내의 시를 읽고 좀 이상하다고 지적을 하면 아내는 절대로 고치는 법이 없다. 시 쓰다 포기하고 소설로 물러난 사람이 시를 뭘 안다고 그러느냐는 것이다. 그 말에 나는 그만 풀 죽고 만다. 사실 나는 소설도 쓰다가 안 되면 평론으로 흘러가야 할 신세였음을 아는 까닭이다. 나에게 '아내'는 늘 미안하고 안쓰럽고 서러운 이름이며, 그래서 15년 전쯤 생방송에서 "다시 태어나도 김초혜와 결혼하겠다"고 소원했다. 그러나 나는 환생을 믿지 않으니까, 올해로 결혼 48년인데 앞으로 또 48년 동안 이승의 삶을 더불어 누릴 수 있기를 소망한다. 〈1972〉

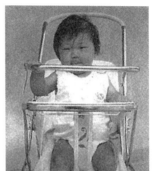

아들 도현의 백일 사진. 글을 써서 잘살기 어려우니 하나만
낳아 잘 기르자고 뜻을 모았다. 그건 15년 후 책이 엄청나게
많이 팔릴 것을 전혀 예측하지 못한 크나큰 오류(?)였다. 그런
결정은 형제들이 많아 너무 고생했던 삶의 영향이 절대적이
었다. 〈1972〉 (왼쪽)

여섯 달 된 도현이. 〈1972〉 (오른쪽)

혼자 자라야 하는 도현이가 외롭지 않게 해주
려고 늘 마음 쓰며 이렇게 푹 보듬고, 그 시
절 일대 유행이었던 아이들의 최고 인기 품
목인 레슬링도 하루에 한바탕씩 해주고
했지만 내 노력은 별 효과가 없이 도현
이는 커갈수록 외로움을 탔다. 그래서
초등학교 때는 제가 장가가면 아이
들 열 명을 낳겠다며 손가락 열 개
를 쫙 펴보이고는 했다. 〈1975〉 〈위〉

덕수궁 마당에서 총잡이가 된 다
섯 살의 도현이. 〈1976〉 〈아래〉

형의 가족과 모처럼의 나들이. 형은 공부하는 직업이고 나는
글 쓰는 직업이라 이런 기회를 갖기도 쉽지 않았다. 산다는
것은 여유 없이 바쁠수록 허망한 것인지도 모른다. 왼쪽부터
나, 아내, 형수 김기영, 형, 앞의 오른쪽이 조카 헌준, 왼쪽이
도현. 〈1978〉

현대문학상 받던 날. 형(오른쪽)과 동생 건래(왼쪽)가 축하를 하려고 왔다. 동생은 서울대학교 공과대학 건축과를 나와 사우디까지 다녀오는 등 한 15년쯤 열심히 살더니 이 땅의 삶에 지쳤는지 어느 날 문득 뉴질랜드로 이민을 떠나고 말았다. 〈1981〉

초등학생인 아들의 운동회를 보러 갔다. 어린애들이 노인들
은 태어날 때부터 노인인 줄 알듯, 이 나이에는 환갑이란 영
원히 나의 것이 아닌 줄 알았다. 〈1981〉

제주도 용바위 근처. 시건방이 들기 시작한 도현이는 굳이 아빠의 색안경을 쓰고 사진을 찍으려고 했다. 〈1982〉

아들 도현이의 여름방학이 오면 제주도를 찾아가곤 했다. 인심 좋은 데다 경치까지 좋기도 했지만 손아래 동서(현승찬)의 고향이 함덕이라서 끌리는 정이 더 깊지 않았나 싶다. 늙으면 제주도에서 살 꿈을 꾸기도 했다. 〈1982〉

대한민국문학상 시상식. 왼쪽부터 희곡작가 김용락, 나, 소설가 유재용, 시나리오 작가 최금동, 시인 이흥우 씨. 〈1982〉 (위)

어느 날의 아내와 아들. 아이들은 오뉴월에 오이 크듯 한다고 했다. 아이들이 할 일이란 쑥쑥 자라는 것인지도 모른다. 아내와 아들의 밝은 모습을 사진에 담으며 내 마음은 그렇게 밝을 수 없었던 것은 더 좋은 작품을 더 많이 쓰고 싶은 욕심에 늘 시달리고 있었기 때문이다. 〈1982〉 (아래)

어느 여성 잡지에 실렸던 모습이다. 문인 부부로 15년쯤 살다 보니 세상은 우리를 '같은 길을 가는 모범 부부'라고 부르게 되었다. 나는 문단 생활 5년이 못 되어 공처가로 소문났고, 문인들의 시샘인지 부러움인지 모를 그런 입놀림에 "나는 공처가가 아니라 놀랄 경 자 경처가다. 마누라만 보면 무서워 깜짝깜짝 놀란다"고 응수하고는 했다. 나는 문학을 시작하기 이전에 벌써 문인이나 예술가들이면 으레껏 저지르는 여러 가지 이상한 짓들을 해서는 안 된다고 마음먹고 있었다. 문학은 형식적인 몸짓으로 하는 것이 아니라 충실한 내용으로 해야 한다고 나 스스로에게 경고했던 것이다. 그 경고에 따라 결혼 생활 15년 동안 이른바 주색잡기로 아내의 속을 썩인 적이 한 번도 없었다. 그러니까 모범 부부로 인정받은 것은 순전히 내가 세운 공로다. 그 후 또 33년이 흘렀지만 그 경고를 어긴 적이 없었다. 그래서 나는 스캔들이나 에피소드가 없는 것이 에피소드인 작가가 되었고, "나는 여태까지 주색잡기로 아내의 속을 썩인 적이 한 번도 없다"는 말을 텔레비전 생방송에서도 했다. 이 사진을 보고 어떤 사람은 마누라가 그렇게도 예쁘게 보이냐고 했다. 눈부셔하는 내 눈을 잘도 본 것이다. 아내가 눈부시지 않고 미우면 하루인들 어찌 살겠는가. 그러므로 나는 팔푼이다. 〈1982〉

문예진흥원에서 개최한 장기 문예 강좌가 끝나던 날. 왼쪽부
터 네 번째가 시인 유경환, 그 옆이 문학평론가 김시태, 두 사
람 건너 시인 황금찬, 한 사람 건너 나. 〈1982〉 (위)

작가 전상국(왼쪽)과의 《현대문학》 좌담. 〈1982〉 (아래)

속리산 관광호텔에서 한국소설가협회 세미나가 열렸고, 나는
주제 발표자의 한 사람이었다. 왼쪽부터 소설가 유금호·안장
환·이은집·정을병·오영석 씨, 나. ⟨1982⟩

같은 날 법주사에서. 왼쪽부터 소설가 김용운·강호삼·유재
용, 나, 강승원, 앞줄 왼쪽부터 소설가 한천석·서동훈 씨.
〈1982〉

어떤 노인네들에게나 그렇듯 아버지, 어머니의 노년도 손자, 손녀들의 귀여움을 즐기는 것으로 고단했던 지난날의 삶을 위로받았다. 〈1982〉

아들에게 설악산을 구경시키려고 떠났다. 그런데 녀석은 나한테 얻어 찬 전자시계에만 눈이 팔려 있다. 〈1982〉

출판사 민예사 주간으로 책 만들기 작업. 〈1983〉 (위)

설날 형의 집 서재에서 시조시인 아버지, 시인 며느리, 소설가 아들이 나누는 문학에 대한 이야기. 가끔 마련된 그런 자리를 아버지는 표나지 않게 기뻐하고 즐기셨다. 〈1983〉 (아래)

어느 날 방송작가 김수현 씨 집에서. 왼쪽부터 탤런트 노주현 씨,
아내 김초혜, 방송작가 김수현 씨, 나, 탤런트 백수련 씨.〈1982〉

어떤 문인들의 모임에서. 왼쪽부터 소설가 하근찬 씨, 나, 소설가 최일남 씨. 〈1983〉 (위)

문인들의 술자리에서 소설가 한승원 씨와. 〈1983〉 (아래)

어느 날 야외에서. 〈1984〉

아들 도현이는 초등학교 4학년이 되면서 보이스카우트 단원
이 되었다. 이해부터 나는 대하소설 『태백산맥』을 쓰기 시작
했고, 또 『아리랑』을 연달아 쓰게 되어 도현이는 대학을 졸업
할 때까지 친구들을 한 번도 집에 데려와 놀지 못하는 억울
한 희생을 치러야 했다. 〈1983〉

문인들이 단체로 프랑스, 이탈리아, 요르단, 인도 여행을 떠났다. 딱하게도 해외 여행은 모두가 처음이었다. 파리를 보았다는 확증이라도 남기려는 듯 꼭 에펠탑을 배경 삼은 것이 촌스럽고도 눈물겹다. 뒷줄 왼쪽부터 소설가 박순녀·허근욱, 시인 박재삼, 소설가 박기동·오영석·오인문 씨. 앞줄 왼쪽부터 문학평론가 천이두, 시인 백성룡·김윤성 씨, 나. 〈1983〉

요르단의 문화 유산 페트라 입구에서. 왼쪽부터 나, 시인 김윤성, 소설가 박순녀, 문학평론가 천이두, 소설가 허근욱 씨. 〈1983〉 (위)

인도의 갠지스 강변 바라나시. 짧은 일정이었지만 너무 많은 의문을 풀었던 인상적인 기회였다. 인도에 대해서, 불교에 대해서, 간디에 대해서 오래도록 가져왔던 의문들을 한꺼번에 풀었을 뿐만 아니라 새로운 인식도 하는 계기가 되었다. '현장의 중요성'이 무엇인지 가슴 깊이 새겼다. 〈1983〉 (아래)

내가 사회성과 예술성을 가장 모범적으로 잘 조화시킨 작가로 꼽는 빅토르 위고의 동상 앞에 굳이 섰다. 소르본대학의 좁은 교정에 천연두를 퇴치한 제너와 함께 추앙되고 있다. 〈1983〉(왼쪽)

시몬 드 보부아르가 장만한 사르트르의 묘. 두 사람은 '계약 결혼'으로 세계적 풍문을 뿌린 것에 값할 만큼 진실을 지키고 실천하며 20세기를 살다 간 지성이었다. 〈1983〉(오른쪽)

간디 묘와 영원히 타오르는 불. 인도 독립 운동을 통하여 '비폭력 저항'이라는 육탄의 저항을 새로 창시했고, 독립과 함께 모든 권력이 손아귀에 들어오는 순간 그것을 깨끗하게 버림으로써 가장 고결한 인간의 영혼으로 존경하지 않을 수 없는 간디. 〈1983〉 (위)

그리스의 파르테논 신전. 신의 이름으로 인간이 인간을 노예 삼아 어마어마한 돌덩이들을 쌓아 올리고, 이교도는 일삼아 때려부수느라고 애를 쓰고, 이제 다시 그 파편들을 모아 원형을 복원하려고 혈안이 되어 있다. 인간이란 도대체 어떤 존재인가를 골똘히 생각했다. 〈1983〉 (아래)

『태백산맥』 속으로

　인간의 인간다운 세상을 향해 끝없이 몸
부림치는 인간의 숭고함. 그 몸부림은 시대
를 초월한 인류 역사의 불변의 과제였고, 현
실적으로 어리석은 소수 인간들의 희생 위
에서 인류의 역사는 발전되어 왔던 것이다.
　그 숭고한 정신은 인간 긍정의 모태고,
소설의 영원한 테마다.

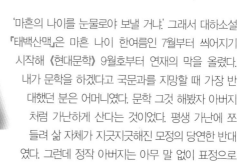

'마흔의 나이를 눈물로야 보낼 거냐'. 그래서 대하소설 『태백산맥』은 마흔 나이 한여름인 7월부터 씌어지기 시작해 《현대문학》 9월호부터 연재의 막을 올렸다. 내가 문학을 하겠다고 국문과를 지망할 때 가장 반대했던 분은 어머니였다. 문학 그것 해봤자 아버지처럼 가난하게 산다는 것이었다. 평생 가난에 쪼들려 삶 자체가 지긋지긋해진 모정의 당연한 반대였다. 그런데 정작 아버지는 아무 말 없이 표정으로만 너 좋을 대로 하라는 반응이었다. 나는 문학을 하되 세끼 밥을 배불리 먹을 수 없도록 가난하게 살지는 않겠다고 단단히 다짐했다. 그래서 맞벌이 부부로 나섰고, 선생을 그만둘 수밖에 없게 되자 박봉에 박봉인 잡지사를 거쳐 출판사까지 차려 사장 노릇을 하는 고달픈 삶을 자청했다. 글 쓰는 것까지 다소 희생시켜 가며 세 식구가 세끼 밥은 걱정하지 않게 된 80년에 출판사 사장 노릇을 버리고 글쓰기로 돌아섰다. 그리고 허기진 배를 채우듯 글을 쓰기 시작해 「유형의 땅」 『불놀이』를 거쳐 『태백산맥』 앞에 서게 되었다. 『태백산맥』의 무대 벌교를 찾아가 포구의 갈대밭을 뒤로하고 중도방죽에 섰을 때의 내 모습이 새롭게 눈물겹다. 〈1984〉

《주간조선》에서 신예작가들을 뽑아 자기 작품에 대한 글을 쓰면서 자화상까지 그리게 했다. 『태백산맥』 집필에 정신이 없을 때라 원고 마감에 쫓기며 사무실에서 30여 분 만에 후딱 그려야 했다. 그런데 어떤 문인은 '누구한테 시켜서 그린 것이냐'고 했다. (원본은 조선일보사에 있다.) 〈1986〉

『태백산맥』은 안양의 성 라자로마을에서 씌어졌다. 이경재 신부님(오른쪽)께서는 나에게 집필의 안식을 주셨고, 매달 성 라자로마을을 찾아갔던 것은 당시의 정치 상황과도 무관하지 않다. 나에게 큰 은혜를 베풀어주신 신부님께서 1998년 저세상으로 떠나셨다. 신부님의 명복을 빈다. 그리고 글 쓰는 편의를 위해 최선을 다해주신 프란체스카 수녀님도 잊을 수 없다. 〈1986〉

소설 『태백산맥』의 주요 무대의 하나인 벌교 전경. 순천 쪽의 진트재에서 바라본 것이다. 이 전경은 계엄사령관 심재모의 눈을 통해서 『태백산맥』 1권에 묘사되어 있다. 앞에 펼쳐진 것이 중도들판이고, 중앙 부분 멀리 보이는 곳이 벌교읍이다. 왼쪽이 고흥으로 가는 방향이고, 오른쪽이 고읍들을 거쳐 광주로 가는 방향이다. 오른쪽 저 멀리 보이는 산이 징광산이고, 그 아래로 빨치산들의 해방구 율어가 있다. (위)

『태백산맥』이 시작되면서 무당 소화의 거처와 함께 등장하는 현부잣집인 회정리의 박씨 제각. (왼쪽 중간)

소설 속에서 좌익과 우익, 양쪽의 주검이 널려 있었던 소화다리(부용교)와 포구. 방죽에 시멘트를 발라버려 갈대밭은 이미 사라졌다. (왼쪽 아래)

벌교읍과 고읍들의 경계 지점에 있는 홍교(횡갯다리). 소설에서 염상진의 부하 하대치가 이 다리 위에 쌀 가마를 쌓아놓는다. (위)

벌교 포구를 가로지르는 철교. 지금도 밀물이 되면 배가 사람들과 물건을 실어 나른다. 소설에서 깡패 염상구가 이 철교 중간에서 다이빙을 한다. (아래)

소설에서 남도여관으로 나오는 옛날 보성여관. 일본식 목조
2층 건물로 규모가 꽤 크다. (위)

소설에서 하대치와 안창민이 부하들을 이끌고 군 수송 열차를
습격하는 진트재 터널이다. 철길은 순천으로 뻗어간다. (아래)

소설에서 염상진 부대가 해방구로 장악했던 율어. 천연 요새인 이곳은 옛날 동학군의 비밀 훈련장이기도 했다. (왼쪽 위)

봉림리의 일부고, 중앙의 규모 큰 기와집이 소설 속의 김범우의 집이다. 왼쪽으로 멀리 보이는 것이 고읍 들녘이다. (왼쪽 아래)

벌교 체육공원(일제 시대 신사 자리)에서 바라본 고읍 들녘. 멀리 보이는 산줄기를 따라가면 조계산에 이르고, 조계산에서는 다시 지리산으로 연결된다. (왼쪽)

당시의 금융조합. 지금은 보성군 농촌지도소 농민 상담실로 운영되고 있다. (오른쪽)

『태백산맥』 쓰기에 혼이 빠져서 세상의 일이 전혀 안중에 없는데 어느 날 문득 아들 도현이가 초등학교를 졸업한다고 했다. 세월 무상이 아니라 세월 유상이었다. 〈1986〉 (왼쪽)

차남의 하나뿐인 자식이라 그랬는지 할아버지가 졸업을 축하해 주려고 특별히 눈길을 헤치고 달려오셨다. 〈1986〉 (오른쪽 위)

『태백산맥』 1부 연재를 끝내고 서너 달 쉬면서 모처럼 겨울 산행을 떠났다. 아내와 아들에게 글로 담을 쌓았던 그동안의 미안함을 슬쩍 풀어보려는 얄팍한 음모였음이 분명하다. 〈1987〉 (오른쪽 아래)

한·중 문학 세미나가 열려 중국 정부 초청으로 대만에 갔
다(당시는 대만이 중국이었다). 그러나 몸이 극심하게 아파 사흘
만에 혼자 돌아와야 했다. 그리고 두 달 동안 글 한 줄 못 쓰
고 앓으며 소파에 앉아 잠을 잤다. 눕기만 하면 기침이 터져
나왔던 것이다. 『태백산맥』을 쓰느라고 3년 동안 누적된 과로
가 폭발한 것이고, 글쓰기가 너무 지겨워 외국 바람을 좀 쏘
이려고 했던 것이 탈을 일으켰던 것이다. 왼쪽부터 나, 시인
민영·감태준, 소설가 이광복 씨. 〈1985〉

『태백산맥』이 2부까지 출간되고 형제들이 뜻을 모아 출판 축하연을 열었다. 그래서 나와 아내는 아버지, 어머니를 제치고 상석에 앉아 있는 것이다. 〈1987〉 (위)

『태백산맥』이 출판되기 시작하자 아버지는 어머니에게만 살짝 "자식 키운 보람이 있네" 하셨다는 것이다. 그리고 며느리에게는 "니가 장허다. 다 니 덕이다" 하셨다. 〈1987〉 (아래)

시집 식구들의 축하 박수를 받으며 술잔을 들고 있는 아내는
어떤 기분이었을까? 내 표정은 왜 이리 떫은지 모르겠다.
〈1987〉 (위)

남자 4형제 부부. 뒷줄 왼쪽부터 큰아들 조진래, 셋째 며느리
김은숙, 큰며느리 김기영, 셋째 아들 건래, 앞줄 왼쪽부터 넷
째 아들 광래, 나의 아내 김초혜, 나, 넷째 며느리 송영옥.
〈1987〉 (아래)

월간 문학지 《한국문학》에서는 매년 한국문학작가상과 정운
시조문학상을 시상했다. 나는 1985년부터 5년 동안 주간을
맡아보았다. 〈1986〉 (위)

제11회 한국문학작가상 소설 부문 수상자 김문수 씨(오른쪽)에
게 김규일 대표가 시상을 하고 있다. 〈1986〉 (아래)

《한국문학》의 대표이자 발행인인 김규일 사장이 한국문학작
가상 시상식에서 대표 인사를 하고 있다. 〈1987〉 (위)

제13회 한국문학작가상 평론 부문 수상자 임헌영 씨(중앙). 맨
왼쪽이 문학평론가 김우종 씨, 그 옆이 임헌영 씨의 부인이며
소설가 고경숙 씨. 〈1988〉 (아래)

문학지 《한국문학》 주간실. 출판사 민예사 사장 김규일(나의 손위 처남) 씨는 1984년 12월호부터 《한국문학》을 인수, 발행하기 시작하여 1989년 11월호까지 만 5년 동안 발간하였다. 모든 문학지들이 그렇듯 《한국문학》도 매달 적자였고, 5년 동안 처남이 입은 손실은 엄청났다. 그러나 처남은 문화 사업에 투자하는 것을 큰 의미로 삼고 언제나 초연했다. 그런 처남을 향한 미안함과 고마움은 말로 다 표현하지 못한 채 평생을 갈 것이다. 나는 매달 15일은 『태백산맥』을 쓰는 일에, 15일은 《한국문학》 만드는 일에 바치는 격무(?)에 시달리면서도 전혀 피곤한 줄을 몰랐다. 그건 나의 대책 없는 문학에 대한 열정이 죄라면 죄다. 〈1987〉

『태백산맥』의 주인공의 한 사람인 무당 소화가 살았던 집터
다. 소설 1부가 끝났을 때까지만 해도 소화의 집은 방 두 개에
부엌 하나가 있는 아담하고 정겨운 기와집이었다. 그러나 2년
이 지나 가보니 사람이 살지 않았던 집은 태풍에 휩쓸려 기
둥 하나 남기지 않고 폭삭 주저앉아 있었다. 허망함 속에서
'폭삭'이란 말을 절실히 실감했고, 하대치가 부상당한 정하섭
을 데리고 와 넘었던 사진 뒤의 예술적인 돌담만 어루만지다
가 돌아서야 했다. 그런데 2~3년이 지나 가보니 무너진 집의
형체마저 없어진 빈터에 잡초만 무성했고, 돌담마저 누구의
손을 타고 있는지 절반은 허물어지고 없었다. 그리고 서너
차례 갈 때마다 그 자취가 점점 사라져가더니만 1999년 4월
에 가보니 그 흔적은 완전무결하게 없어져버리고 주차장으로
변한 그 빈터에는 검은 아스팔트가 흉하게 깔려 있었다. 어디
소화의 집뿐이랴. 곳곳의 무대들이 세월의 무정함과 사람들
의 현실 욕구에 의해 급속도로 훼손되고 파괴되고 있다. 안
타깝지만 어찌할 방도가 없다. 〈1988〉

『태백산맥』의 무대가 확장되면서 빨치산 투쟁지인 화순 '백아산지구' 취재에 나섰다. 소설가 송기숙 씨(왼쪽)가 동행했고, 정치경제학자이며 조선대학교 교수였던 박현채 선생(가운데)이 안내역을 맡았다. 〈1988〉 (위)

'백아산지구'와 직결되는 광주 무등산도 빼놓을 수 없는 곳. 걷기에 너무 지쳐 박현채 선생이나 나나 지팡이를 해 짚지 않을 수 없었다. 〈1988〉 (아래)

박현채─그분은 『태백산맥』에 나오는 '위대한 전사 조원제'의
실제 모델이다. 조원제에 관한 부분은 그분이 직접 겪은 바 그
대로이고, 내가 대필한 자서전인 셈이다. 나의 중학교 선배님
이기도 한 그분은 천재적인 기억력을 총동원해서 빨치산에
관한 이야기를 하나도 빠짐없이 나에게 들려주려고 애쓰셨다.
그분은 빨치산 투쟁 경력자 백 명 아니, 천 명의 몫을 다해준
나의 소중하고 귀중한 취재원이었다. 그분은 아무리 바쁜 일
이 있어도 내가 찾아가면 모든 일 제쳐놓고 나의 말상대가 되
어주셨다. 그러나 그뿐이 아니었다. 내가 현장 취재를 가고 싶
어하면 천릿길을 마다하지 않고 몇 번이고 짐을 싸가지고 나
섰다. 그분께 은혜 입은 바가 너무 크고, 어찌 다 갚아야 할지
모르는 형편인데 그분은 쉰아홉 나이에 쓰러져 말 못하는 환
자로 병석에 누운 채 가까스로 회갑을 채우고는 저세상으로
떠나시고 말았다. 뭐가 그리도 급한 일이 있었던 것일까. 지금
도 그분은 돌아가신 것 같지 않고, 이 사진은 내 서재에 붙어
있는 유일한 사진이면서 현실이다. 지리산 임걸령에서. 〈1988〉

88

지리산의 장터목에서 천왕봉에 이르는 사이에 있는 그 유명한 고 사목 지대. 빨치산 토벌 때문에 불에 타 죽은 까닭에 여태껏 썩지 않고 서 있는 이 나무 시체들은 처절한 역사를 증언하고 있다. 이 때부터 지리산 취재 등반은 몇 년 동안 계속되었다. 〈1986〉 (왼쪽 위)

지리산 장터목에서 촛대봉으로 가는 등산길. 왼쪽부터 문학평론가 전영태, 평생 산만 찍어온 사진작가 김근원 씨(우연히 상면했다). 우 리 짐의 무거움을 덜어준 전북대학교 국문과 학생. 〈1986〉 (왼쪽 아래)

80년대 민주화 투쟁의 열기가 불붙고 있는 상황 속에서 진보적 지식인들의 토론회가 안동 병산서원에서 열렸다. 리영희·박현채· 변형윤·강만길·고은·김진균·이이화·정운영·송건호·이선영·김남 식·이효재·이인호·백낙청·임헌영·유초하·송기숙·박석무·박태 순·김홍명·황광수·이명현·이수인 등 600여 명이 한자리에 모였다. 2박 3일에 걸쳐 여러 분야에서 80년대 운동을 어떻게 효과 있게 전 개할 것이며, 역사 발전을 어떻게 꾀할 것인가에 대해 구체적이고 집중적인 토론이 벌어졌다. 뒷줄 왼쪽에서 여섯 번째가 나. 〈1986〉

지리산 노고단에서 끝없이 뻗어나간 산줄기들을 굽어보며. 지리산은 장대하고 우람하고 숙연한 산이다. 그리고 지리산은 역사의 무덤이다. 인간의 삶은 갈등을 잉태하고, 그 갈등은 역사를 탄생시키며, 그 역사는 수많은 사람들을 먹이로 삼아 성장한다. 이 땅의 역사의 고비고비마다 지리산은 저항하는 사람들을 품어 보듬었고, 끝내는 그들의 무덤 노릇까지 해주었다. 우리의 현대사에서도 지리산의 그 역할은 변함이 없었다. 지리산은 아흔아홉 골짜기를 열어 8만이 넘는 빨치산들을 받아들였고, 끝내는 그들을 영원히 품에 잠들게 했다. 세계의 현대사에서 그 유례가 없는 죽음의 의미를 캐려고 나는 열 번이 넘게 그 고산준령을 오르내렸다. 나는 지리산의 적막 속에서 빨치산들의 열혈 투쟁을 본 것이 아니라 인간의 숭고한 정신을 느끼고는 했었다. 인간의 인간다운 세상을 향해 끝없이 몸부림치는 인간의 숭고함. 그 몸부림은 시대를 초월한 인류 역사의 불변의 과제였고, 현실적으로 어리석은 소수 인간들의 희생 위에서 인류의 역사는 발전되어 왔던 것이다. 그 숭고한 정신은 인간 긍정의 모태고, 소설의 영원한 테마다. 『태백산맥』 마지막 장면에서 하대치와 그의 동료들이 어둠 저편으로 찾아가는 것도 사회주의를 넘어선 바로 그 인간다운 세상을 향한 발걸음이다. 〈1988〉

92

아버지가 세상을 떠나시기 3년 전인 1986년의 여든 살 모습이다. 나는 『태백산맥』 연재 완료 1회분 반을 남겨놓고 글을 쓰다가 아버지가 돌아가셨다는 전화를 받았다. 나는 두 번 불효를 저지른 자식이 되었다. 아버지의 임종을 지키지 못한 것이고, 암 투병을 하고 계시던 아버지는 당신의 생전에 『태백산맥』 완성을 보고 싶어 하셨던 것이다. 그래서 모든 자식들이 날마다 차례로 병원에 오도록 명령하셨지만 나에게는 그 의무를 면해주었다. 아버지는 16세에 출가하여 24세에 법사(설법할 수 있는 자격)가 되었고, 28세에 종교 황국화 정책에 의해 결혼을 해야 했다. 그리고 해방을 맞아 불교 혁신을 시도하다가 세상의 파란에 휩쓸려 절을 떠났다. 그 뒤로 온갖 세파에 시달리면서도 아버지는 부처님을 등지고 사는 삶을 늘 안타까워하고 죄스러워했다. 그리고 기회만 있으면 절로 돌아가려는 시도를 하시곤 했다. 그러더니 내가 고등학교 3학년인 9월인가 어느 날 조계사 승적 168번을 가져와 나보고 출가를 하라는 것이었다. 전쟁의 파란 속에서 여섯 자식(전쟁 후에 둘이 태어났음)이 무사했던 것은 부처님의 가피 덕분이니 차남인 내가 부처님 앞에 일생을 바치는 것이 마땅하다는 것이었다. 결국 나는 문학을 내세워 아버지의 뜻을 따르지 않았다. 아버지는 교육계에서 정년 퇴직하면서 자식들 부양에서도 벗어나게 되자 마음 편하게 절로 돌아가셨고, 관음종 종정으로 세상을 떠나셨다.

일제 시대 만해 한용운 선생이 이끌었던 승려들의 비밀 독립 운동 조직인 '만당'의 재무위원이기도 했던 아버지는 민족 의식이 강한 작품을 쓰셨다. 파고다공원에서. 〈1985〉 (위)

아버지는 천안공원묘지에 잠들어 계신다. 〈1992〉 (아래)

『태백산맥』을 쓰기 직전의 모습. 〈1982〉 (왼쪽 위)

『태백산맥』 1부 발간을 앞둔 모습. 〈1986〉 (왼쪽 아래)

『태백산맥』을 완성하기 직전의 모습. 〈1989〉

『태백산맥』 마지막인 4부를 쓰면서 고심하고 있는 어느 날. 담배를 하루 평균 3~4갑 피우고, 커피를 5~6잔 마시며 열흘에서 보름을 자는 시간 빼놓고는 책상에 앉아 있다 보면 첫째 나타나는 증상이 두 다리가 10배 20배로 퉁퉁 부어오른 착각이 든다. 그래서 얼른 만져보면 그렇지 않아 주무르고는 한다. 두 번째가 변비 증상이다. 옛날에 똥줄이 탄다는 말이 무슨 의미인지 실감하게 된다. 세 번째가 머리에서부터 차츰차츰 피가 줄어들어 온몸이 하얗게 표백되는 것 같은 느낌이 든다. 네 번째가 걷는데 다리가 내 뜻과는 다르게 휘뚱거릴 뿐만 아니라 발 밑이 어질어질 기울어지고 흔들리고 출렁거린다. 그런 증상들이 날이 갈수록 겹쳐져오다가 막바지에는 잠자리에 누우면서 온몸이 녹아 흘러 땅속으로 잠기는 듯한 느낌 속에서 '내일 아침에 못 일어나고 말지' 하는 생각으로 정신을 잃듯 잠이 든다. 그 죽음과 소생의 되풀이 속에서 원고지는 쌓여갔다. 〈1989〉

『태백산맥』 연재 마지막회분의 끝부분을 쓰고 있는데 《시사저널》 기자가 갑작스럽게 인터뷰를 왔다. 소설 첫부분에 못지않게 끝부분에 고심하는 것은 모든 작가들의 공통된 괴로움이다. 긴장 상태에 빠져 있던 나는 감정처리를 제대로 하지 못하고 일을 방해받은 언짢은 기색을 드러내고 말았다. 그 기자에게 미안한 채 세월이 흘러갔다. 소설을 쓰는 동안에 그런 서투른 대인 관계의 실수는 수도 없이 저지르게 된다. 인터뷰한 기자들의 얼굴을 못 알아보는 것은 말할 것도 없고, 며칠 전에 식사를 한 사람도 몰라봐서 실례를 범하기 일쑤다. 수많은 주인공들과 소설에 파묻혀 살다 보니 현실 감각이 완전히 죽어버린 것이다. 아내는 그런 나를 딱해하며 "나를 알아보는 것이 용하다"고 혀를 찬다. 결례를 한 모든 분들께 사과를 드린다. 〈1989〉

『태백산맥』이 6년 만에 10권으로 완간되자마자 독자들을 위한 문학 기행이 잇따랐다. 출판사에서는 관광 버스 두 대를 예정하고 선착순 접수를 시작했다. 그런데 신청자들이 너무 쇄도해 문제가 생겼다. 그러나 차를 하나 더 늘릴 경우 숙박 시설의 문제에서부터 사고의 위험까지 어려움이 너무 많아 처음의 계획대로 추진되었다. 나는 누적된 과로로 못내 피곤했지만 독자들의 그 뜨거운 관심에 위안받으며 소설 무대의 해설자로 나서지 않을 수 없었다. 궁극적으로 작가의 가장 큰 보람이며 기쁨은 무엇이겠는가. 자신이 심혈을 쏟은 만큼 자기 작품을 아끼고 사랑하는 진정한 독자들을 만나는 것 아니랴. 나는 그 보람과 기쁨을 얻은 행복한 작가로서 피곤한 줄 모르고 2박 3일 동안 핸드마이크를 잡고 글을 쓰는 정성으로 최선을 다했다. 주리재에서 율어를 설명하고 있다. 〈1989〉

추수가 이미 끝난 10월 말의 중도들판을 뒤로하고 중도방죽
에서 독자들에게 무대 설명을 하고 있다. 얼굴은 초췌하게 메
말랐어도 마음은 윤기로 충만했다. 〈1989〉 (위)

소설 속의 현 부잣집 샘터에 걸터앉은, 좌로부터 나, 정치경제
학자 박현채 선생, 문학평론가 황광수 씨. 박 선생님은 이때
부터 고혈압을 앓아 내가 서울대병원에 모시고 가기도 했는
데, 끝내 고혈압으로 쓰러져 세상을 떠나셨다. 〈1989〉 (아래)

내가 태어난 순천 선암사에서 1박. 제일 큰 방에서 독자들과
의 대화가 열렸다. 문학평론가 임헌영 씨(왼쪽에서 두 번째)가
『태백산맥』의 작품론을 개괄하고 있다. 〈1989〉 (위)

선암사 일주문 앞의 큰 마당. 왼쪽으로 약간 보이는 숲길을
따라 아래로 내려가면 빈 집터 열서너 개가 나오는데 그중에
내가 태어난 집터가 있다. 〈1989〉 (아래)

승방에서 독자들과의 대화가 마침내 시작되었다. 그런데 갑자기 방 안이 대낮처럼 밝아졌다. 동행 취재를 나선 MBC TV 카메라가 촬영을 시작한 것이다. 그러나 백여 명의 독자들은 전혀 한눈팔지 않았다. 그 많은 등장 인물들 중에서 누가 주인공이냐 하는 것부터, 역사에 대한 판단 기준에 완전히 혼란이 일어나버렸는데 어떻게 하면 좋으냐 등등. 심지어 어떤 사람은, 그 긴 이야기를 도대체 어떻게 쓰느냐, 요령을 가르쳐달라고, 너무 진지해서 어린애 같은 질문을 하기도 했다. 나는 질문의 내용을 가리지 않고 친절한 대답을 다하려고 노력했다. 이 세상에서 내 가족 말고 나를 가장 사랑하는 사람들이었으니까. 산사의 밤은 깊어가도 이야기는 끝날 줄을 몰랐다. 〈1989〉

『태백산맥』은 6년의 세월이 걸려 마침내 완결되었다. 나는 해방감과 허탈을 동시에 느끼며 의식의 표백 상태에 빠져 있는데 출판사에서 출판 기념회를 마련했다. 그즈음 어느 날엔가 문학지 《문학사상》사를 가게 되었는데 근방의 호텔 커피숍에서 뜻밖에도 중국 연변에서 입국한 지 며칠 안 된 동포 작가 김학철 선생님을 만나게 되었다. 그분도 나도 초면이면서 구면처럼 서로를 알아보았다. 나는 그분의 『격정시대』를 보았고, 그분도 나의 『태백산맥』 절반쯤을 보셨던 것이다. "내가 한국에 온 목적 중에 하나가 박경리 선생하고 당신을 만나보기 위해서였소" 연변 사투리로 그분이 대뜸 하신 말씀이었다. 억세고 묘한 어감 속에서 '당신'이란 말이 그렇게 정겨울 수가 없었다. 이야기를 나누다가 그분이 나의 보성고등학교 까마득한 선배인 것을 알게 되었으니 그 친숙감이 갑자기 더했음은 말할 것도 없다. 조선의용군 마지막 분대장으로 한쪽 다리를 조국과 민족 앞에 바치신 그분은 소설 『격정시대』를 통해 역사의 전설이 될 뻔한 조선의용군의 실체를 생생하게 살려내는 업적을 이룩하셨다. 그분은 불편한 다리를 이끌고 출판 기념회에 오시어 기꺼이 축사를 해주셨다. 〈1989〉

축사를 하는 시인 고은 선생. 〈1989〉 (위)

작품의 의미를 논하는 문학평론가 김윤식 교수. 〈1989〉 (아래)

작품의 성과를 피력하는 문학평론가 권영민 교수. 〈1989〉 (위)

사회를 맡고 있는 문학평론가 김철 교수. 〈1989〉 (아래)

축하객들. 왼쪽부터 시인 양문규·김남주, 문학평론가 백낙청,
정치경제학자 박현채, 언론인 김중배, 소설가 최일남, 시인 박
용수·김진경 씨. 〈1989〉(위)

축하객들. 왼쪽부터 시인이며 문학평론가 장석주, 시인 김형
영, 소설가 이동하, 시인 박건한·임영조, 그 뒤쪽에 얼굴이 반
쯤 가려진 문학평론가 구중서 씨. 〈1989〉(아래)

문인들과 애독자 문학기행 회원들과 함께. 〈1989〉 (위)

축하를 하러 온 후배 문인들. 왼쪽부터 문학평론가 전영태,
나, 아동문학가 정채봉, 소설가 이원규 씨. 〈1989〉 (아래)

유난히도 내 소설을 사랑해 주셨던, 고인이 되신 소설가 한무숙 선생님. 〈1989〉 (위)

늘 따뜻하고 다정한 격려를 해주시는 희곡작가 겸 연출가 차범석 선생님. 〈1989〉 (아래)

앞쪽 시인 임영조, 뒤 왼쪽 시인 권일송, 오른쪽 시인 이문재 씨. 〈1989〉 (위)

왼쪽부터 문학평론가 황광수, 아내 김초혜, 정치경제학자 박 현채, 나, 정치학자 박명림 씨. 〈1989〉 (아래)

『태백산맥』의 독자인 TV 탤런트 노주현 씨. 〈1989〉 (위)

미국에서부터 『태백산맥』을 열독했다는 후배 작가 김한길 씨.
〈1989〉 (아래)

소설로나 인품으로나 깊이 신뢰할 수 있는 동료 작가 이동하 씨. 〈1989〉 (위)

『태백산맥』에서 정지용의 시를 인용한 대목을 보고 뜬금없이 나한테 '천재' 칭호를 붙여준 문학평론가 김재홍 교수. 〈1989〉 (아래)

고생 끝에 낙이라고 했던가. 몇 번이나 더 이렇게 웃어보랴.
〈1989〉 (위)

《현대문학》 편집장으로 『태백산맥』 연재의 문을 열었던 시인
이며 중앙대학교 문예창작과 교수인 감태준 씨. 〈1989〉 (아래)

9년의 감옥살이에서 풀려나 나를 처음 만났을 때, "『태백산맥』
을 빨리 읽어버리는 것이 아까워 한 페이지, 한 페이지 아껴가
며 읽었습니다. 선배님이 그런 소설을 써주셔서 저 같은 사람
이 빨리 풀려난 겁니다. 정말 고맙습니다" 하며 시인 김남주 씨
는 눈시울이 붉어졌다. 그러고 나서 몇 년 뒤에 나는 『아리랑』
을 쓰다 말고 부랴부랴 그의 집을 찾아갔다. 그는 검게 메마른
얼굴로 내 손을 붙들며 "성님, 나 꼭 나슬라요" 하고는 어금니
를 물었다. 그 투박한 고향말에 나는 그만 목이 메었다. 그리고
한 달이 다 못 되어 시인 김남주는 겨울 하늘을 날아 저세상으
로 가버렸다. 민족 분단의 아픈 역사가 배태한 모순과 억압에
온몸을 내던져 싸우고, 그가 오로지 받은 훈장은 암. 그는 너무
젊은 나이에 너무나 안타깝게 이 세상을 떠나갔다. 너무 순정
해서 서러운 이름 시인 김남주. 세상이 아무리 변하고, 세월이
아무리 흐른다 한들 어찌 그를 잊을 수 있을까. ⟨1989⟩

원고지 16,500매 10권의 책으로 기나긴 이야기를 했으니 더무슨 할 말이 있을까. 식순에 따른 답사에서 내가 할 수 있었던 말은 고맙다는 것뿐이었다. 원고지 첫 장을 몇 번씩 찢으며 겨우 완성해 놓고, 이걸 언제 다 쓰나 하는 그 막막함은빛 한 줄기 없이 캄캄한 터널 속으로 들어가는 것 같은 암담한 두려움이었다. 그런데 세월을 따라 그 일을 무사히 마쳤으니 나는 이 세상의 모든 사람들에게, 아니 눈에 띄는 나무한테까지 고마움을 표하고 싶은 마음이었다. 그러니 출판 기념회에 와주신 분들에게랴. 그런데 나는 이 답사를 하면서 벌써두 번째 대하소설 『아리랑』을 쓸 작정을 하고 제목까지 확정해 두고 있었다. 〈1989〉

『아리랑』 속으로

'청산리전투의 승리'는 이 두 골짜기의 승리가 합해진 것이다. 그런데 어랑촌전투를 지휘한 홍범도 장군의 이름은 교과서에서 깨끗이 지워졌다. 그분이 공산주의자라는 이유에서다. 역사는 이렇게 굴절·암장된다. 나는 『아리랑』에서 그걸 복원시키려고 노력했다.

나는 두 번째 대하소설 『아리랑』을 쓰기 위해 잠시도 휴식이
없이 첫 취재지로 중국의 만주 땅에 가기로 계획했다. 그러나
출발 전에 여러 가지 난관에 부딪혔다. 중국과 수교 전이었으
므로 반드시 중국 쪽의 초청장이 있어야 했다. 그것은 연변의
작가 김학철 선생님이 해결해 주셨다. 그런데 천안문사태가
벌어진 중국에서는 '상인'만 받아들이지 작가나 기자는 입국
절대 금지였다. 그것은 여행사에서 적당히 해결했다. 그런데
일을 맡은 여행사에서 갑자기 포기 선언을 했다. 알고 보니
안기부에서 출국 금지를 내린 것이었다. 『태백산맥』 때문에
이미 86년부터 요주의 인물로 '찍혀' 있는 자를 다른 나라도
아닌 공산 국가 중국에 보낼 수 없다는 것이었다. 신문사와
연재 약속은 했지, 시간은 촉박한데 한 달 이상 일이 전혀 진
척이 없었다. 결국 문화부에 찾아가 따지게 되었고, 자신들로
서는 감당할 수 없게 된 실무자들이 장관한테 보고를 했던
모양이다. 이어령 장관이 보증을 하고서야 안기부의 특별 교
육을 받고 떠날 수 있었다. 사진은 하얼빈에서 서쪽으로 7백
리 떨어진 오지에 있는, 전라북도 정읍 출신들이 모여 사는
동포 마을이다. 〈1990〉

철판에 펄럭이는 느낌으로 그린 중국과 북한의 국기가 두 나라의 국경이라는 표시다. 두만강 건너가 바로 북한 땅이고, 그때만 해도 남한 사람은 극히 드물었다. 〈1990〉 (위)

우리 동포가 만주 땅에 최초로 일군 도시 용정 입구의 용문교 앞. 연길과 회령 쪽의 두 길이 만나 하나가 되어 용문교로 이어지고, 용문교 아래로는 해란강과 육도하가 합쳐져 흐른다. 〈1990〉 (아래)

4월의 비가 눈물처럼 내리는 두만강가에서 만난 조선족 아이들. 이 아이들은 내가 남쪽 대한민국에서 왔다는 사실을 믿기 어려워했다. 〈1990〉 (위)

연변대학교 교정에서 만난 조선족 꼬맹이들. 애들이 다 그렇듯이 아이들도 맑고 밝았고, 사진 찍기를 좋아했다. 〈1990〉 (아래)

중국의 여러 소수 민족들 중에서 유일하게 조선족이 건립한
연변대학교 정문. 조선어과 교수들이자 문인들과 함께. 왼쪽
네 번째가 소설가 김학철 선생. 나. 연변대학교 부총장이며
러시아문학 전공인 정판룡 씨. 〈1990〉 (위)

취재 여행 일정도 바빴지만 연변대학교 조선어과 학생들을
위한 강연 요청에 응하지 않을 수 없었다. 그들은 거의가 독
립운동가 후손들이다. 〈1990〉 (아래)

용정 근방 공동 묘지에 있는 시인 윤동주 선생의 묘를 일삼
아 찾아갔다. 그 푸른 영혼 앞에 옷을 단정히 하고 똑바로 서
지 않을 수 없었다. 〈1990〉 (위)

명동촌에 있는 시인 윤동주 선생의 생가 터. 돌무더기와 마른
풀줄기만 서 있는 그 터는 밭으로 변해 있었다. 〈1990〉 (아래)

식민지 억압 속에서 굶주림에 지친 이 땅의 사람들이 살길을
찾아 두만강을 건너 만주 땅으로 들어갈 때 꼭 거치게 되는
첫 번째 마을 명동촌. 거기서 명동학교와 명동교회를 건립하
고 독립 운동에 앞장섰던 분이 김약연 선생이다. 그분의 묘는
조국 땅을 향해 있다. 독립을 염원하는 그분의 넋을 받들어.
처음의 비석은 문화혁명 때 홍위병들이 파괴해 버렸고, 이것
은 그 뒤에 다시 세운 것이다. 4월 말에야 늦게 핀 만주의 진
달래는 그분의 넋인 양 처연한데. 아직도 분단 비극에 빠져
있는 조국을 바라보며 그분은 무어라 할 것인지⋯⋯. 만주 땅
을 돌면서 무시로 했던 생각을 그분의 묘 앞에서도 오래 했
다. 〈1990〉

122

'청산리 항일 전적지' 나무 푯말. 이 청산리 골짜기 60리는 백두산 줄기가 만주로 뻗어 내린 그 끝자락이다. 〈1990〉 (위)

청산리 골짜기가 시작되는 지점에 있는 조선족 마을이다. 지붕이 억새풀로 이어져 있고, 높게 솟은 굴뚝은 통나무의 속을 파내서 만든 이곳의 특이함이다. 〈1990〉 (아래)

청산리 골짜기 옆의 어랑촌 골짜기. '청산리전투의 승리'는 이 두 골짜기의 승리가 합해진 것이다. 그런데 어랑촌전투를 지휘한 홍범도 장군의 이름은 교과서에서 깨끗이 지워졌다. 그분이 공산주의자라는 이유에서다. 역사는 이렇게 굴절·암장된다. 나는 『아리랑』에서 그걸 복원시키려고 노력했다. 〈1990〉 (왼쪽)

연변과 용정에 흔한 개장국집(보신탕집). 나는 중국 독주에 매일 끓는 속을 이 진국의 개장국을 먹어 풀면서 만주 몇천 리를 헤매고 다녔다. 〈1990〉 (오른쪽)

조선족 결혼식 날의 신부와 친구들. 신부는 연분홍 한복 위에 조화로 장식한 망사 드레스를 입었다. 여자들의 다양한 헤어스타일이 개방된 중국을 보여준다. 〈1990〉 (위)

용정의 일본 영사관. 독립 투사들을 감금하고 고문했던 지하 감방의 창문들이 작게 보인다. 가운데 작은 모습으로 걸어가고 있는 것이 나. 『아리랑』에서 이 영사관은 사진의 모습 그대로 묘사되었다. 〈1990〉 (아래)

용정에서 명동촌으로 가는 버들방천 길. 『아리랑』에서 수국
이는 이 길을 걸어 명동촌을 오가고, 이 주변에서 쑥도 뜯는
다. 〈1990〉 (위)

만주를 침략한 일본은 장춘에다 저희들의 새로운 도시 '신경'
을 건설하면서 이런 식의 건물을 많이 지었다. 창문들이 작으
면서 촘촘한 것은 유사시에 시가전을 하기 좋게 하려는 것이
었다. 위의 한 층을 증축한 것이 선명하다. 중국인들은 일제
시대의 모든 건물은 인민의 피고 역사기 때문에 허물어버리
지 않고 이렇게 사용한다. 〈1990〉 (아래)

중국의 지방선 기차. 단거리를 달리기 때문에 그런지 의자들
이 나무로 되어 있다. 장거리 기차는 편한 의자였다. 〈1990〉

일본이 만주를 침략하고 '신경'이라고 이름 붙였던 장춘 기차
역. 일본 관동군 총사령부를 비롯해서 일제의 자취가 고스란
히 남아 있는 장춘은 나의 상상력을 무한히 자극해 주었다.
〈1990〉

하얼빈의 송화강가. 얼어붙은 이 강을 건너 러시아 땅으로 오
가며 싸운 독립 투사들의 숨결이 선연했다. 〈1990〉 (위)

서구식으로 꾸며진 하얼빈 중심가. 한반도에서 하얼빈까지는
수천 리. 안중근 선생을 필두로 해방이 되는 날까지 독립 투
사들은 이 도시에도 숨어들어 투쟁했다. 〈1990〉 (아래)

동포 마을을 찾아가는 7백 리 비포장 도로. 비닐 커버가 다 찢어져 속의 판자가 드러난 이 털털이 버스는 나를 하루 종일 괴롭혔다. 그러나 나는 목적이 있어서 이렇게 행복하게 웃고 있다. 〈1990〉 (왼쪽)

정읍이 고향인 동포 마을에서는 내가 도착한 날 하필이면 결혼식 잔치가 있었다. 머리에 꽃을 단 신부가 옆의 신랑이 들고 있는 잔에 술을 따르면, 신랑이 손님들에게 차례로 권한다. 그런데 내가 주책없게도 신부보고 직접 따르라고 하니까 신부 어머니가 놀라 막고 나서는 참이다. 외간 남자와 내외하는 것도, 막걸리를 담가 먹는 것도 우리의 옛 풍습 그대로였다. 〈1990〉 (오른쪽)

만주의 광활한 벌판에서 조선족이 못자리를 준비하는 것은 흔히 볼 수 있다. 그들은 이미 2, 3세대들이지만 논농사는 중국 사람들이 탄복할 정도로 잘 짓는다. 왜냐하면 '조선족'이니까. 〈1990〉 (위)

아홉 살에 고향을 떠나 온갖 풍상 다 겪고 이제 홀로 된 이 할머니의 간절한 소망은 죽기 전에 고향에 한번 가보는 것. 이런 분들의 삶과 존재가 소설을 쓰도록 하는 충동이었다. 〈1990〉 (아래)

초록색 사탕수수밭과 핏빛 흙은 나에게 충격적인 상상력을
유발시켰다. 저 땅은 채찍질당한 동포들의 피가 물든 것이고,
사탕수수들은 그 진액을 빨아 저리 푸르른 것이라고. 그건 '현
장'이 준 선물이고, 그래서 '현장'을 찾아가야 한다. 〈1990〉

열대의 무더위, 끝없는 사탕수수밭, 노예 노동의 혹사, 그러면
서도 해방되는 그날까지 '혈세'를 모아 독립 운동 자금을 보
낸 사실 앞에서 이성적 분노와 논리적 감동으로 가슴 떨리지
않을 수 없었다. 〈1990〉

『아리랑』을 위한 하와이 취재. 1904년경의 하와이는 오늘의 모습이 아니라 거의 열대 원시림 상태였다. 그것을 사탕수수 농장과 파인애플 농장으로 바꾼 것은 누구인가. 〈1990〉 (왼쪽)

멀리 바다가 바라보이는 산자락 평지에 동포들이 기거한 농장 막사들이 있었다. 그들은 채찍질당하는 노예 노동에 시달리며 바다 건너 멀고 먼 조국을 그리워했다. 〈1990〉 (오른쪽)

하와이의 높은 산들은 유별나게 가파르면서도 주름 많은 줄기들이 칼날처럼 날카롭다. 산마저 그리 달라 동포들은 아무데도 정을 붙이지 못하고 조국을 더욱 그리워했을 것이다. 이런 느낌도 다 소설이 되는 것은 물론이다. 〈1990〉 〈위〉

난생 처음 본 이 야자수를 동포들이 어떻게 느꼈는지 『아리랑』을 본 독자들은 알 것이다. 〈1990〉 〈아래〉

뒤에 펼쳐진 것은 파인애플 농장이다. 이것은 키가 작은 개량
종이 아직 덜 자란 것이다. 그 당시 야생종들은 사람 키만큼
크고 가시들이 억세. 동포들의 손과 얼굴들은 가시에 찔려 곰
보나 문둥이 얼굴처럼 되었다. 〈1990〉 (위)

도산 안창호 선생을 대표로 하는 샌프란시스코도 빼놓을 수
없는 해외 독립 운동의 거점이었다. 장인환·전명운의 거사도
여기서 일어났다. 〈1990〉 (아래)

『아리랑』을 위한 일본 취재 여행. 동경의 신주쿠에 있는 이
공원은 학생 조직의 접선 장소로 『아리랑』에 등장한다.
〈1990〉

오사카 시내 한복판에 시멘트로 세워진 신사 표시. 나무가
시멘트로 변한 것이 문제가 아니라 오늘날에도 신사는 계속
세워지고 있다는 것이 문제다. 〈1990〉 (왼쪽)

붉은 정문과 함께 옛모습 그대로인 동경(제국)대학 본관 건물.
이 학교 식당에서 굳이 점심을 먹은 이유는? 〈1990〉 (오른쪽)

동포의 가게를 찾아간 오사카의 전형적인 일본 재래시장.
〈1990〉

『아리랑』을 위한 동남아시아 취재. 대만에서부터 시작된 다섯 나라의 취재 여행에는 아내를 동반했다. 『태백산맥』 쓰느라고 남편 노릇 못한 것을 어물쩍 땜질하려는 얄팍한 술수였다. 대만의 장개석기념관. 〈1990〉 (위)

말레이시아 쿠알라룸푸르의 왕궁 앞. 아내의 머리에 꽂은 빨간 꽃은 내가 꺾어 선사한 것이다. 이 효과가 얼마큼 가는지 아시는가? 〈1990〉 (아래)

이 끔찍스럽게 무성한 정글도 분명 취재의 대상이다. 소설에서 학병들의 길을 따라 이 정글이 등장하고, 정신대 아가씨도 뱀에 물려 죽는다. 〈1990〉

지역이 달라지고 배경이 달라지면 사람과 생활 풍습은 말할
것 없고 나무 하나, 꽃 하나, 물 색깔까지도 투명하게 의식 속
에 담지 않으면 안 된다. 〈1990〉

싱가포르의 역사박물관. 일본군이 영국군에게 항복하는 장면을 밀랍 인형으로 만들었다. 수많은 일본 사람들이 싱가포르에 몰려들지만 그들이 제일 싫어하는 곳이 이곳이라고 한다. 〈1990〉 (위)

싱가포르 해변의 강렬한 햇빛은 우리 부부의 눈을 감기기에 충분했다. 우리나라 학병과 정신대들은 이 해변에 상륙해 말레이시아·버마 등지로 끌려갔었다. 〈1990〉 (아래)

태국 방콕의 왕궁 뒤뜰. 〈1990〉 (왼쪽)

동남아시아의 폭염 속에서 갈증을 해소하는 데는 야자 열매 속에 든 물이 최고다. 부부애가 돈독하다고 생각하면 오해다. 서로 많이 먹으려고 다투는 것이다. 〈1990〉 (오른쪽)

한반도에서 유일하게 지평선이 보이는 호남평야의 중심인 김제 만경평야. 일제는 이미 1903년부터 이곳에서 침탈을 시작했고, 이곳에서의 착취는 해방될 때까지 가장 극심했다. 그래서 소설 『아리랑』은 이곳에서부터 시작되었다. 〈1990〉 〈위〉

이 땅 최초의 아스팔트 길인 전군(전주 군산)도로. 이 길을 통해 일제는 호남평야의 쌀을 실어내 군산항에 집결시켰다. 길 양쪽의 가로수는 일본인들이 좋아하는 사쿠라(벚꽃)다. 〈1990〉 〈아래〉

군산 장미동에 아직도 남아 있는 쌀 창고들. 이런 대형 창고들이 그 당시에 3백 개가 넘었고, 그것도 모자라 쌀 가마들은 야적되기도 했다. 〈1990〉 (위)

군산 월명공원에서 바라본 군산 내항 일대와 저 멀리 금강으로 이어진 포구. 밀물을 타고 들어온 일본 배들이 이 항구에서 쌀을 실어갔다. 〈1990〉 (아래)

군산 내항 해변에 바짝 붙어 있는 항만 철도. 쌀을 실은 화물 열차가 여기까지 들어왔는데, 오른쪽의 철로는 세 겹이나 된다. 가운데 뒤는 쌀 창고들이고, 그 앞 빈터는 기차에서 쌀 가마를 하역했던 장소다. 그때는 비를 막는 양철 지붕이 설치되어 있었다. 〈1990〉 (위)

째보선창(동부선창)에서 바라본 내항. 오른쪽 저 멀리 보이는 것이 장항이다. 이 선창에서 쌀을 배로 실었는데, 그때는 축대에서 배까지 휘청거리는 널빤지가 걸쳐져 있었다. 인부들이 쌀 가마를 어깨에 올려 널빤지 위를 뛰다가 아래 뻘밭으로 곤두박여 죽기도 했다. 〈1990〉 (아래)

당시의 군산부청 건물이 그대로 남아 있다. 지금은 군산시청 별관일 뿐이지만, 현대식 건물이 드물었던 그 당시로서는 엄청난 규모가 아닐 수 없다. 〈1990〉 (위)

군산시 월명동에 남아 있는 일본인의 저택이다. 초가집이 태반이었던 그 당시에 일본인들이 얼마나 떵떵거리고 살았는지를 잘 보여준다. 〈1990〉 (아래)

즐거운 지옥,
소설 속으로의 함몰

　그런데 이상한 것은 이때의 여행 기억은 온통 뿌연 안개에 가려져 있는 것처럼 흐릿하다. 그 이유를 계속 캐보니 내 의식은 연재소설에 온통 함몰되어 있었기 때문이다. 『태백산맥』을 쓰는 동안에 만난 사람들을 거의 기억하지 못하듯이.

중국 취재에서 돌아와 지칠 대로 지쳐 있었지만 꼭 찾아가야 할 곳이 있었다. 아내와 아버지의 산소에 가기 위해 제물이 든 찬합을 들고 아파트를 나서는 참이다. 풍성하게 만발한 하얀 밥풀꽃 송이들이 한식이 되었음을 알리고 있다. 송강 정철이 말했듯 아버지는 돌아가시고 난 다음에 내 가슴에 회한을 쌓고, 가끔 꿈에서는 전혀 돌아가신 모습이 아니게 나타나시곤 한다. 엄했으나 관대했던 아버지를 생각하면 언제나 목이 멘다. 〈1990〉

1990년 5월 5일부터 사흘 동안 독자를 위한 두 번째 문학 기행 '태백산맥제(祭)'가 열렸다. 첫 번째와 다른 것은 지리산을 중심으로 행사가 기획되었고, 특히 피아골에서 지난 세월 동안 지리산에서 죽어간 모든 영령들을 위로하는 위령제를 지내기로 한 것이었다. 이번에도 독자들의 신청이 너무 밀려 관광 버스를 세 대로 늘려야 했고, 그래도 사람이 넘쳐 봉고차까지 동원되었다. 나는 중국 취재를 다녀온 피곤 속에서도 세 버스를 번갈아 옮겨 타며 독자들과 대면하고, 질문 받고, 악수하고, 사인하는 즐거운 지옥 속에서 오히려 피곤을 풀어 갔다. 지리산 노고단 정상에서 펼쳐진 문학 강연과 독자와의 대화. 〈1990〉

피아골에서 저녁에 올린 지리산 영령들의 위령제. 〈1990〉

오르다 지쳐 주저앉았으나 『태백산맥』을 쓰면서 지리산에 오
르고 또 오르다 지쳤을 때와는 그 기분이 완전히 다르다. 올
려다본 5월 하늘만 푸른 것이 아니다. 〈1990〉 (위)

노고단 정상에서 나누는 한잔 술. 왼쪽 두 번째부터가 시인
고은, 현재 《문화일보》 기자인 이미숙, 나, 문학평론가 임헌영,
소설가 박태순 씨. 〈1990〉 (아래)

모든 산이 발 아래로 굽어보이는 노고단 막바지에서 나도 아
내도 힘겹다. 깃발 지팡이를 함께 잡고서 그래도 웃고 있다.
〈1990〉

건강을 지키려고 일요일마다 가까운 산에 오른다. 12월 11일부터 《한국일보》에 『아리랑』 연재를 시작했으니 건강은 필수다. 나를 사진 위쪽으로 바짝 밀어 올린 아내의 사진 찍는 미적 감각이 탁월(?)하다. 〈1990〉

『아리랑』을 위한 군산 일대 취재. 왼쪽부터 군산노인회 부회장, 회장, 나, 군산문화원장 시인 이병훈 씨. 취재에서 노인들의 존재는 필수적이다. 〈1990〉 (위)

강연을 오라는 데도 참 많았는데, 시 이야기를 하는 곳에까지 불려가 독자들이 원하는 대로 나는 소설 이야기를 했다. 〈1989〉 (아래)

안경 낀 사나이. 그는 누구인가? 그러나 안경을 끼게 된 것은
느닷없는 일이 아니다. 책을 보고, 글을 쓰고 하는 세월이 자
연 나이와 함께 겹쳐지면서 먼저 돋보기가 필요하게 되더니
만 뒤따라 멀리 있는 것들도 어릿거리고 흐려지기 시작했다.
머리카락이 많이 빠지면서 대머리 증상을 보이기 시작한 것
도 이즈음부터. 세월의 무상함이여. 아니, 세월의 정직함이
여. 〈1991〉

단재문학상 받은 날. 학술상을 받은 최장집 교수 부부와 함
께. 왼쪽은 서울대학교 사회학과 김진균 교수. 〈1991〉 (위)

선배님들의 축하. 왼쪽부터 문학평론가 백낙청, 시인 고은, 나,
소설가 최일남 선생. 그리고 아내. 〈1991〉 (아래)

축하를 해주신 선후배 문인 여러분들. 〈1991〉 (위)

축하를 해준 처가 식구들. 나의 오른쪽이 《한국문학》 발행인
이었던 김규일 사장이다. 〈1991〉 (아래)

2차 동남아시아 취재. 고무나무의 상처에서 흘러내리는 진한 우윳빛 수액도 잡스러워야 하는 소설가에게는 관심사가 아닐 수 없다. 〈1991〉 (위)

더위 속을 허덕이는 나그네의 발길을 쉬게 한 것은 나무 그늘이 아니라 푸른 잔디 위에 떨어진 색색의 꽃송이들이었다. 열대의 야성이 제격인 동남아에 서양식으로 다듬어진 나무들이 가엾고 역겹다. 〈1991〉 (아래)

『아리랑』 연재에 날마다 시달리다가 문득 5월인 것을 알았다. 그 눈부신 햇살과 싱그러운 푸르름이 하도 좋아 아파트 앞 풀밭에 나앉았다. 〈1991〉 (위)

글쓰기에 지쳐 소파에 몸을 부린 어느 날. 『아리랑』 연재도 1년 3개월이 되어가니 지칠 만도 했다. 배고픈 것과 추운 것을 가장 싫어해 겨울이면 꼭 울 내의에다 털조끼를 입는다. 〈1992〉 (아래)

164

소년 빨치산 경력, 반유신 투쟁과 용공 단체 구성 혐의로 두 차례 옥고를 치른 박현채 선생님은 당연히 1급 요시찰 인물이셨다. 사무실로 형사가 정기적으로 찾아와 모종의 문서에 도장을 받아가는 것을 나도 여러 번 목격하고는 했다. 그런데 마침내 박 선생님이 복권이 되면서 수십 년에 걸친 출국 불허도 풀리게 되었다. 그 사실을 나는 박 선생님만큼 기뻐했다. 나는 그동안 선생님한테 입은 은혜에 대한 고마움을 표할 기회를 얻게 된 것이었다. 그래서 선생님 내외분을 모시고 갈 유럽 여행을 준비했다. 연재를 미리 써놓고 주저 없이 여행길에 올랐다. 선생님은 최초로 출국 비행기를 타면서 영국에 도착할 때까지 한 번밖에 자리에서 일어나시지 않았다. 그것이 왜 그리 가슴 아프던지. 이 사진을 찍고 나서 건너편의 영국 국회의사당을 바라보며 "요것들이 아조 악단게로" 하신 말씀이 아직도 생생하다. 〈1992〉

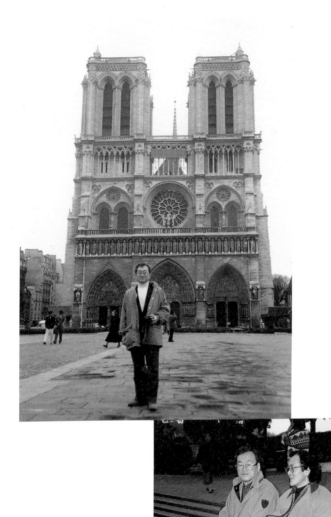

파리 노트르담사원 앞에 서신 박현채 선생님. 이것이 내가 선생님께 처음이고 마지막으로 찍어드린 사진이 되고 말았다. 박 선생님은 이 사원 뒤에 있는 나치 협력자 처형 기념탑을 보고 나서 "역사는 저래야 역사인 것이여" 하셨고, 파리를 떠나면서는 "아들이 솔찬혀" 하셨다. 그리고 로마의 베드로성당을 보고는 "빌어묵을, 생각보담 심허다" 하시고는 한참 있다가 "작가가 저런 것을 보고 민중의 피 냄새를 맡지 못하고 그저 빛나는 문화유산이라고 찬양하면 그건 작가가 아니다"라고 하셨다. 박 선생님은 이 여행을 마치신 뒤 다른 학술 단체와 중국을 다녀와서 꽤나 실망을 하셨고, 그리고 쓰러져 이 세상을 떠나가셨다. 〈1992〉 (위)

박 선생님도 나도 구경보다는 함께 여행하는 그 자체를 즐겼다. 그래서 시간만 나면 이야기 나누기에 바빴다. 〈1992〉 (아래)

로마의 원형 경기장 안에서. 이 폐허에서 찾아야 하는 건 인
간의 존엄이다. 〈1992〉

스위스의 해맑은 호수 앞에서 아내와. 아내는 나만큼 박현채 선생님에 대한 고마움을 잘 알았다. 유럽 여행의 아이디어를 낸 것도 아내였다. 글에 파묻혀 있었던 내가 그런 신통한 생각을 해냈을 리 있겠는가. 그런데 이상한 것은 이때의 여행 기억은 온통 뿌연 안개에 가려져 있는 것처럼 흐릿하다. 그 이유를 계속 캐보니 내 의식은 연재소설에 온통 함몰되어 있었기 때문이다. 『태백산맥』을 쓰는 동안에 만난 사람들을 거의 기억하지 못하듯이. 〈1992〉

『아리랑』을 위한 제2차 중국 취재. 상해임시정부 앞이다. 문에 붙은 '4' 자는, 프랑스식 연립 주택 중에서 네 번째 집이라는 뜻일 뿐이다. 1·2층짜리 연립 주택 한 채, 그것이 상해임시정부 전부였다. 그러나 이것마저 한국 정부는 방치한 채 세월만 보내고 있다. 그러면서도 정치인들의 입에서 쏟아지는 것은 애국이다. 나는 이 여행 중에 심한 복통을 앓았고, 돌아와서 한 달간 연재를 중단하는 사태가 벌어졌다. 엑스레이를 찍어보니 중증의 위궤양이었다. 가슴과 배의 근육층이 결리듯 들뜨듯 하며 사르르 아프곤 하던 증상이 바로 위궤양 때문에 생기는 것이라 했다. 그렇다면 나의 위궤양은 『태백산맥』을 쓰고 있었던 3년여 전부터 생긴 것이었다. 『아리랑』을 끝내기까지 위궤양은 매년 한 번씩, 네 차례나 재발했다. 〈1992〉

윤봉길 의사의 거사로 우리의 의식 속에 뚜렷한 '홍구공원'은
중국을 대표하는 작가 노신의 이름을 따 '노신공원'으로 바뀌
어 있었다. 〈1992〉

존경하는 작가 노신의 동상 앞에서. 그때는 6년 뒤에 제1회
노신문학상을 받을지 어찌 알았으랴. ⟨1992⟩

백두산 천지. 6월 말인데도 눈이 다 녹지 않았다. 천지를 바
라보며 일어났던 그 복잡한 감정을 어찌 말로 다 하겠는가.
〈1992〉

만리장성. 한없는 인간의 어리석음을 일깨우는 교육장이다.
〈1992〉

집안현의 광개토대왕 순수비. 신채호 선생은 이 비를 찾아
통화에서 수백 리 산길을 걸었고, 마침내 민족주체 사관에
따른 『조선상고사』를 저술했다. 〈1992〉

천안문 광장에서 아내와. 이때만 해도 천안문 광장에는 자동
차가 아닌 자전거 떼가 유연하게 물결치고 있었고, 북경의 하
늘은 매연 없이 맑고 푸르렀다. 〈1992〉

어느 날 옷을 풀어헤치고 소파에 몸을 부린 이 지친 모습을
나도 모르게 아들 도현이가 찍었다. 〈1992〉

글을 쓰다가 어느 날 모처럼 외출복을 입었다. 4월의 꽃망울
들이 맺혔다. 〈1992〉

무녀독남 도현이가 군대 갈 날을 얼마 남겨놓지 않아 일가족
이 사진관에 가서 최초로 찍은 기념 사진. 내가 『태백산맥』을
시작할 때 초등학교 4학년이었던 도현이는 『태백산맥』이 끝
나고 『아리랑』으로 이어진 세월 속에서 어느덧 대학생이 되어
있었다. 〈1993〉

더 늙기 전에 한 장 찍어두자며 사진기 앞에 나란히 앉았다.
〈1993〉

설날 형의 집에서 우리 세 식구. 〈1992〉

소설가 박경리 선생님의 원주 자택 뜰에서. 〈1992〉

잠시 휴식을 하려고 한 해를 보내며 미국 시카고로 여행을 떠났다. 그즈음 교포 작가 김유미 씨의 장편소설 『억새바람』이 극화되어 국내 시청자들을 사로잡고 있었다. 미국 교포들의 애환을 그린 그 작품의 성공을 축하하는 모임이 있었다. 케이크를 자르고 있는 왼쪽이 김유미 씨. 〈1992〉

흑인을 노예에서 해방시킨 것 때문에 중·고등학생 시절에 좋아했던 링컨의 생가 앞에서. 〈1992〉

『아리랑』을 위한 러시아 연해주 취재. 러시아 취재가 늦어진 것은 국교가 수립되기를 기다려야 했기 때문이다. 연해주는 우리 동포 20여만 명이 살았던 땅으로 중요한 독립 운동 기지였다. 그분들은 독립 투쟁에 직접 나서는 한편 독립 자금을 꾸준히 모았다. 블라디보스토크의 '한인촌'으로 대표되는 '고려인(러시아 사람들이 부르는 이름)'들은 극동의 황무지를 개간해 논밭을 일구는 고단하고 억척스러운 삶을 살아야 했다. 그래서 러시아인들은 "고려인들은 바위에 올려놓아도 살아난다", "고려인들이 있는 곳에는 언제나 먹을 것이 있다"는 말을 남겼다. 그러나 1937년 11월 말부터 한 달 동안 20여만의 동포들은 중앙아시아의 불모의 땅으로 강제이주당하는 대수난을 겪게 된다. 절반 가까이가 얼어 죽고, 굶어 죽고, 병들어 죽고, 총 맞아 죽은 그 사건은 약소 민족이 겪어야 했던 참극이었다. 그 모든 것을 쓰기 위해 연해주를 찾아간 것이다. 추위를 피한다고 3월에 갔지만 하바로프스크의 아무르강은 꽁꽁 얼어 있었고, 눈은 발목을 넘게 쌓여 있었다. 사진 왼쪽이 중국 국경이다. 〈1993〉

하바로프스크의 아무르 강변에 동포들이 일군 마을 이름은
'3·1촌'. 조국에서 일어난 3·1운동에서 따온 것이다. 그 독립 의지
가 가슴 뭉클하다. 동포들은 짧은 여름에는 농사를 짓고, 긴 겨
울에는 아무르강의 두꺼운 얼음을 뚫어 생선 중에서 최고로 치
는 철갑상어를 낚았다. 영하 30도의 추위를 견디며. 그것을 판
돈이 독립 자금이 되고 자식들의 학자금이 되었다. 〈1993〉 〈위〉

하바로프스크 중심가에 있는 이 빈터에 한인회관이 있었다.
〈1993〉 〈아래〉

소련이 붕괴한 하바로프스크 시청 광장에 레닌의 동상만 외
롭다. 〈1993〉

하바로프스크 시내에 있는 발해 유적. 선명한 거북의 모습이
우리 문화의 뿌리를 보여준다. 〈1993〉 (위)

블라디보스토크의 극동대학에서 바라본 신한촌(오른쪽) 일부
와 해삼위 바다(왼쪽). 이 신한촌은 연해주 일대 한인들의 중심
이었고, 독립 운동 기지였다. 『아리랑』에서는 이 지역이 구체적
으로 묘사되고 있다. 〈1993〉 (아래)

하바로프스크에서 남쪽으로 2천 리 떨어진 블라디보스토크
기차역. 모스크바까지 가는 시베리아 대륙 횡단 열차의 시발
역이다. 〈1993〉

신한촌에는 한국 사람들의 흔적은 찾을 길이 없고, 고층 아파트들과 러시아식 집들만 가득 차 있었다. 강제이주 이후의 세월이 너무 길었다. 〈1993〉 (왼쪽 위)

육성촌의 어떤 창고 옆에 버려진 맷돌들. 모두가 보통 것보다 서너 배씩은 컸다. 그건 개인 가정용이 아니라 공동 마을용이었음을 말해 준다. 동포들은 이것들을 버려두고 강제이주를 당한 것이다. 〈1993〉 (왼쪽 아래)

신한촌의 11개 큰길 중에서 행정상 확정된 이름 하나가 '서울스카야다. 한인촌이라는 역사적 사실을 이 번지 표시가 입증해 주고 있다. 〈1993〉 (오른쪽)

블라디보스토크에서 북쪽으로 3백 리 가면 우스리스크(소학
령), 거기서 다시 서쪽으로 60리를 가면 동포 마을 육성촌이다.
무엇을 '육성'하는가? 독립군이 될 인재를 육성하는 것이다. 이
붉은 벽돌 건물은 바로 동포들이 세운 초등학교였다. 자기들이
사는 집은 남루한 초가집인데 학교는 이렇듯 세련되고 아름답
고 튼튼하게 지었다. 지금도 러시아 아이들을 가르치는 초등학
교로 사용되고 있다. 〈1993〉

블라디보스토크에서 동쪽으로 5백 리 떨어진 수청의 러시아 이름은 빨치산스크다. 동포 빨치산 부대들이 사진에서 보는 저 산악 지대의 산줄기들을 타고 다니면서 일본군을 상대로 빨치산 투쟁을 전개했기 때문이다. 〈1993〉 (위)

빨치산스크의 지형은 빨치산 투쟁에 아주 안성맞춤이었다. 산 줄기들이 원형이며 타원형의 분지들을 만들며 끝없이 퍼져나 가고 있었다. 분지에는 농토와 마을들이 조성되고. 〈1993〉 (아래)

194

러시아에서 유일하게 얼어붙지 않는 블라디보스토크항. 그래
서 소련은 잠수함 기지로 사용하기도 했다. 〈1993〉 〈위〉

독립군과 동포들의 길을 찾아 포시에트(연추령), 핫산(녹등)을
가기 위해 블라디보스토크 항구에서 연락선을 탔다. 오른쪽
은 많은 증언을 해준 러시아 동포 송 선생. 〈1993〉 〈아래〉

탄광들이 많은 사할린에 조선 사람들 160여만 명이 징용으로 끌려갔다. 그들의 고난을 더듬어 삭조르 탄광지대로 가는 길. 〈1993〉(위)

조선 사람들을 배에 태워 사할린으로 끌어온 여러 항구들 중의 하나인 고르사고브 항구. 여기서 홋카이도가 일직선이다. 〈1993〉(아래)

사할린 시장에서 반찬 장사를 하는 두 여자는 남쪽에서 온
나그네를 반가워했다. 그들의 꿈은 어서 빨리 어려서 떠나온
고향에 가보는 것이었다. 〈1993〉 (위)

사할린의 3월은 나에게 무서운 눈보라 폭풍을 선사했다. 비행
기가 뜨지 않아 1주일간 꼼짝없이 발이 묶였고, 써두고 온 연
재소설이 바닥나고 있어서 애가 탔다. 가까스로 귀국하니 2일
분만 남아 있어서 여독도 풀지 못하고 책상에 앉아야 했다. 눈
보라 폭풍이 잠시 멈춘 사이 눈굴을 파고 노는 사할린의 아이
들. 〈1993〉 (아래)

샌프란시스코 버클리대학교 한국어과 교환 교수로 가 있던 서울대학교 국문과 권영민 교수(뒷줄 왼쪽 첫 번째)가 기획하고 한국국제교류협회가 지원한 '한국 문학의 국제화'에 대한 세미나가 버클리대학교에서 열렸다. 한국 작품의 효과적인 영어 번역 방안이 집중적으로 논의되었다. 뒷줄 오른쪽 네 번째가 나. 〈1993〉 (위)

샌프란시스코 해변에서 왼쪽부터 문학평론가 권영민·김윤식 교수, 나. 〈1993〉 (아래)

밤 행사로 '조정래 문학의 밤'이 버클리대학교 소강당에서 열렸다. 주최측에서는 80여 개의 자리를 마련했는데, 청중은 2백여 명이 몰려들었다. 『태백산맥』의 문학적 의미를 강연한 김윤식 교수는 "역시 조 형이 인기로군" 했다. 번역가 마셜 필이 자신이 번역한 나의 중편 「유형의 땅」 한 부분을 낭독하고 있다. 〈1993〉 (위)

『태백산맥』과 내 문학에 대해 강연하고 있다. 왼쪽부터 번역가 브루스 풀턴, 김윤식 교수, 나, 번역가 마셜 필 교수. 마셜 필은 내 작품에 반해 『태백산맥』 번역 계획을 세우고 있다가 다음 해 갑자기 심장마비로 세상을 떠나고 말았다. 〈1993〉 (아래)

키보다 높은
원고의 산 속에서

많은 사람들이 묻는다. 어떻게 그렇게 긴 장을 유지할 수 있느냐고, 무엇 때문에 그렇게 쓰느냐고. 삶의 보람이 가장 커서인가? 소설은 사나이의 생애를 바칠 만한 가치가 있어서인가? 두 원고를 쌓아놓고 그 사이에서 얼굴은 웃고 있지만 속으로는 왜 그렇게 눈물이 나려 했는지 모른다.

육군 훈련병 조도현.

딸도 없이 홀로 키운 아들을 1월 13일 아내와 함께 논산훈련소에 데려다주었다. 그곳은 27년 전에 내가 훈련을 받았던 곳이다. "사나이로 태어나서 할 일도 많다만……." 군가를 부르며 아들의 모습이 사라져버리자 아내는 주체할 수 없이 울기 시작했다. 그리고 날마다 날마다 아내는 울었다. 하필이면 그 겨울따라 30년 만에 최고의 추위라고 관상대에서는 발표하고 있었고, 눈도 매일이다 싶게 내렸다. 아내는 그야말로 '눈이 썩도록' 울수밖에 없었다. 입고 갔던 옷이 소포로 도착했을 때, 이 사진이 편지 봉투에서 나왔을 때 아내는 참다 못해 흐느껴 울었다. 아내를 그리 애타게 하면서 아들을 군대에 보냈던 것은 국민 된 최소한의 의무를 다하고자 한 것이다. 그즈음 5만 건의 병무 비리가 신문마다 보도되었고, 대대적인 수사를 한다고 했다. 그러나 김영삼 정권은 그것을 깨끗하게 덮어버렸다. 그런데 아들은 '조정래의 아들'이라는 이유로 목 디스크가 되도록 매일 두들겨 맞고 있었던 것을 2년이 지나서야 알았다. 〈1994〉

시인 정지용 선생의 묘 옆에 있는 흉상 앞에서. 오른쪽은 '노래하는 시인'이라 불리는 가수 이동원. 모두 정지용문학상 시상식이 열린 옥천에 갔다. 가수 이동원은 정지용 선생의 시 〈고향〉을 취입한 테이프가 팔린 수익금으로 이 흉상을 세우는 아름다움을 보여주었다. 그 테이프의 2면 첫 번째 노래가 아내의 시 〈사랑〉이기도 하다. 〈1994〉 (위)

핏빛 장미 몇 송이가 가는 5월을 안타까워하며 글감옥에 갇힌 나를 희롱한다. 〈1994〉 (아래)

작곡가이며 지휘자인 최병철 교수의 작품 발표회 날(예술의
전당). 왼쪽부터 아내, 문학평론가 황광수 씨의 아내이자 음악
교사인 조정숙 씨, 최병철 교수, 나. 최 교수는 아내의 시 〈사
랑굿 30〉을 작곡했고, 뒤늦게 알고 보니 나의 고등학교 선배
님이기도 했다. 〈1994〉 (위)

흥사단 주최, 비무장지대에서의 통일 백일장 심사를 가서. 왼
쪽이 세상을 떠난 시인 박재삼 씨. 〈1992〉 (아래)

『아리랑』 쓰기 4년 세월이 흘러가면서 원고지는 쌓이고 쌓여 책으로 묶어내기에 이르렀다. 그러나 나에게는 글 쓰는 어려움만 계속된 것이 아니었다. 『태백산맥』이 영화화되면서 우익 단체들이 영화 제작을 방해하고 나섬과 동시에 나를 용공 혐의로 경찰에 고발하는 사태가 벌어졌고, 이를 계기로 경찰의 수사를 받기도 전에 모든 매스컴에 시달리는 고통을 겪어야 했다. 그런 와중에서 『아리랑』 제1부 출간에 쓰려고 이 사진을 찍는 내 심정은 희비가 엇갈리고 있었다. 〈1994〉

우리보다 정다운 부부 있으면 나와보라고 해! 요즈음도 우리
는 손을 잡고 다니다가 초등학생들이 배를 잡고 저희들끼리
웃는 일을 당한다. 내 왼팔은 35년 동안 아내가 잡고 다녀 망
가졌고, 오른팔은 글을 쓰느라고 망가졌다. 〈1994〉

서초동으로 이사간 새집에서 아내와 함께 차 한잔. 날마다 글을 쓰다 보면 이런 시간도 자주 나눌 수 있는 것이 아니다. 어쩌다 오는 이런 시간에 인생도, 문학도, 가정사도 이야기하게 된다. 부부라는 관계로 사는 모든 사람들이 서로의 진정한 영혼을 바라보며 순금의 여유를 나누는 기회는 일생 동안 과연 몇 번이나 될까. 그런 면에서 나는 아내에게 죄인이다. 〈1995〉

『아리랑』 1부가 출간되면서 《한겨레신문》과 인터뷰. 이혜정 기
자가 찍은 이 사진은 내가 아끼는 몇 개 안 되는 내 모습 중
의 하나다. 〈1994〉

누군가는 이 모습을 보고 초탈한 것 같다고 했고, 어떻게 그 긴 소설을 쓸 수 있는지 알 것 같다고도 했다. 나는 그 말뜻은 잘 모르겠고, 그저 이렇게 편하게 그리고 빈 듯이 웃을 수 있는 나 자신의 모습이 마음 편하다. 〈1994〉

두 대하소설의 실체. 왼쪽이 『태백산맥』16,500장이고, 오른쪽이 『아리랑』 20,000장이다. 원고를 쓴 기간만 『태백산맥』이 6년, 『아리랑』이 4년 8개월이었다. 마흔에 『태백산맥』을 시작했는데 『아리랑』을 끝내고 보니 쉰셋이 되어 있었다. 내 인생 장년의 세월이 정말 '눈 깜짝할 사이'에 흘러가버린 느낌이었다. 많은 사람들이 묻는다. 어떻게 그렇게 긴장을 유지할 수 있느냐고, 무엇 때문에 그렇게 쓰느냐고. 삶의 보람이 가장 커서인가? 소설은 사나이의 생애를 바칠 만한 가치가 있어서인가? 그 대답은 꼭 필요한 것은 아닐 것이다. 두 원고를 쌓아놓고 그 사이에 서며 얼굴은 웃고 있지만 속으로는 왜 그렇게 눈물이 나려 했는지 모른다. 〈1995〉

1995년 7월 25일 새벽 2시 23분. 이건 『아리랑』 원고지 마지막 장에 적혀 있는 것이다. 이 시각에 나는 마침내 『아리랑』을 끝낸 것이다. 4년 8개월에 걸쳐 원고지 2만 장, 12권으로 『아리랑』은 태어났다. 그 시간에 멀리 분당에 사는 처남, 동서, 처제들이 축하를 하려고 달려왔다. 그들은 아내를 통해서 대충 언제쯤 끝날 것인지를 들은 모양이었고, 내가 "여보, 다 끝냈다!" 소리치며 서재를 나온 것과 그들이 초인종을 누른 것은 거의 일치했다. 나는 춤추듯 덩실거리며 그들을 맞이했고, 그들이 준비한 축하 케이크에 불을 밝히고 샴페인을 터뜨렸다. 작은처남은 사진기까지 가져와 이 사진이 남게 되었다. 왼쪽부터 작은처남댁 이순희, 첫째 처제 김규숙, 막내 동서 김영인, 둘째 동서 현승찬, 막내 처제 김규호, 나, 아들 도현, 작은처남 김규영. 아내는 사진사 노릇을 제대로 하고 있다. 〈1995〉

『아리랑』을 끝내고 인터뷰며 강연으로 연일 정신없이 바쁘게
보내고 있는데 9월 중순에 일본에서 뜻밖의 손님들이 찾아
왔다. 『태백산맥』을 번역 출판하기로 한 슈에이샤[集英社]의
번역 팀 일행 일곱 명이 소설 현장 답사를 온 것이다. 번역 팀
에게 벌교 일대를 설명하고 있다. 〈1995〉

지리산 한신계곡 쪽 1,200미터 능선에서. 왼쪽부터 동행 취재
한 《조선일보》 박해현 기자, 《한겨레신문》 최재봉 기자, 나, 해
냄출판사 박광성 주간, 문학평론가 김태현 교수. 〈1995〉

지리산 노고단 1,500미터 능선에 선 번역 팀. 현지 답사를 보낸 출판사의 배려가 놀라웠고, 번역자들의 진지하고 열성적인 태도는 더욱 놀라웠다. 그들은 불교와 조계산 일대, 지리산까지 보고 나서야 이구동성으로 『태백산맥』을 이제 자신 있게 이해하게 되었다며 흡족해했다. 그들은 일본에 맹감나무가 없다며 지리산에서 내가 구해준 것을 보물처럼 모시고 갔다. 〈1995〉 (위)

그들은 춘향이의 고장 남원도 보고 싶어 했고, 밤에는 판소리도 들었다. 한국말이 유창한 그들은 우리 문화를 깊이 있게 이해했다. 남원 광한루에서. 〈1995〉 (아래)

홀가분한 마음으로 1월에 미국 서부 지역 여행을 떠났다. LA
에서 샌프란시스코까지 해변 도로를 따라 자동차 여행을 하
면서 잠시 머문 해변. 이 근방에 치매를 앓는 전 대통령 레이
건이 산다고 했다. 〈1996〉 (위)

작가 존 스타인벡의 별장이 있다는 산록에서. 왼쪽부터 시인
조윤호 씨 부부(아내 정화영), 나, 아내. 홀가분하다고 했지만 내
심으로는 세 번째 대하소설의 취재이기도 했다. 〈1996〉 (아래)

아내의 시집 『어머니』가 프랑스에서 출판되고, 출판 기념회에 참석하려고 2월 초에 파리에 갔다. 왼쪽부터 아내, 파리7대학교 한국어과 교수 지겔메이어, 아르마땅 출판사 사장, 나. 〈1996〉 (위)

오른쪽이 아내의 시집을 번역한 변데레사(변정원), 맨 왼쪽이 남편인 지겔메이어. 그는 신부로 한국에서 17년 동안 근무해서 한국말은 물론이고 역사와 문화에 대한 이해도 전문적이다. 그들 부부는 내 『아리랑』의 번역자이기도 하다. 뒤의 두 젊은이는 딸 어니언스와 아들 파스칼. 〈1996〉 (아래)

김초혜 시집 『어머니』 프랑스어판 출판 기념회. 좌석은 60여
석인데 백 명이 넘게 축하객이 넘쳐 되돌아가는 미안한 성황
을 이루었다. 눈발까지 날리는데. 〈1996〉

저녁 식사를 마치고 저자의 시 낭송을 시작으로 축하객들의
시 낭송이 이어졌다. 왼쪽은 표지화를 그린 백영수 화백. 식
사 전에 행한 프랑스 평론가의 평은, 자신들이 상실하고 있는
모성의 존귀함을 절제된 언어로 표현해 낸 감동적인 시편들
이라고 했고, 참석한 모든 프랑스인들은 박수로 동감을 표시
했다. 〈1996〉

프랑스인 여교사가 시를 낭송하고 있다. 서로 다투어 진지하게 시를 낭송하고 열심히 듣는 프랑스인들의 태도는 나를 감동시켰다. 그들의 문학이며 예술이 왜 높고 깊은지를 알 것 같았다. 왼쪽 첫 번째 남자가 유네스코 본부장, 오른쪽 첫 번째 여자가 작가 생텍쥐페리의 손녀. 교수이며 수필가인 그녀는 『어머니』의 시들이 한국 교과서에 수록되었는지 물었고, 아니라고 하니까, 왜 이런 시가 교과서에 안 실리는 거냐며 이해할 수 없는 일이라고 했다. 〈1996〉 (위)

바스티유 오케스트라 단원 세 명이 특별히 축하 연주를 해주었다. 이 모임에서 『나는 빠리의 택시 운전사』의 저자 홍세화 씨도 만났다. 〈1996〉 (아래)

문학의 강은
오늘도 흐른다

『한강』 연재 300회. 그러나 완성까지는
아직도 4년의 세월이 남아 있다. 그때 내
모습이 어떻게 변해 있을지 전혀 알 수가
없다. 작가의 삶이란 운명적으로 써야 하
는 것이니까 겸손하게 최선을 다하려 하고
있다. 이 세상을 떠날 그날 갖게 될 후회를
줄이기 위해서.

세 번째 대하소설 『한강』의 취재를 위해 3월 초에 베트남을 찾아갔다. 우리의 현대사에서 베트남이 거론되면 누구나 쉽게 '파병'을 말하고 끝내는데 그건 한 면밖에 보지 않은 단견이다. 한국의 경제 성장사에서 '베트남전 특수'는 빼놓을 수 없는 중요 대목이다. 군인들보다 두 배 이상 진출했던 것이 민간 근로자들이었다. 나는 군인과 민간인, 둘 다 객관적으로 보려는 마음가짐으로 베트남 취재에 나섰다. 하노이 중심부에 있는 거대한 호치민 묘소. 프랑스를 이기고, 끝끝내 미국도 이긴 베트남 독립과 혁명의 아버지 호치민은 지금도 유리관 속에 건재하고, 왕별이 찍힌 붉은 깃발은 펄럭이고 있지만 사회주의 베트남의 장래는 저 호치민 묘소에 긴 안개처럼 흐린 것은 아닐까. 전체적인 가난과, 가난의 당연한 잉태물인 소매치기, 좀도둑, 거지, 창녀가 날로 늘어나는 베트남. 사회주의가 무엇인지 다시 묻고 회의하게 된다. 〈1996〉

당시 북베트남 대통령인 호치민의 관저. 목조 건물 2층의 왼쪽 방이 침실이고 오른쪽 방이 서재. 개방된 아래층은 집무실 겸 회의실. 건물 왼쪽에 완전하게 위장된 방공호가 있다. 간디를 닮은 그 검소함과 소박함에 절로 머리가 숙여진다. 〈1996〉 (왼쪽 위)

이 꾸밈없는 회의 탁자에서 미국을 이긴 최고 작전 회의와 전쟁 수행의 명령들이 결정되었다. 구식 사발시계, 흑·백색 전화기, 철모 하나가 이채롭다. 〈1996〉 (왼쪽 아래)

그 유명한 구치터널(3층 지하 땅굴 요새)이 있는 밀림 속에 당시의 베트콩 남녀 마네킹이 세워져 있다. 그들이 신고 있는 신은 자동차 타이어를 잘라 만든 것이다. 나는 입구의 기념품 가게에서 파는 그들의 모자를 사서 썼다. 〈1996〉

내 뒤에 파인 구덩이는 미군 비행기가 투하한 폭탄이 터진 자리다. 이런 구덩이들이 수도 없이 많은데, 미군은 끝내 땅굴을 파괴하지 못했다. 그 땅이 공기와 접촉하면 돌처럼 굳어지는 지질인 것을 모르고 행한 헛수고였다. 〈1996〉 (왼쪽 위)

터널 안에 있는 공동 취사장. 식당·작전 회의실·병원까지, 전쟁 수행에 필요한 최소한의 것이 다 갖추어져 있다. 〈1996〉 (왼쪽 아래)

차선이라고는 없이 자동차·오토바이·삼륜차 시클로·자전거가 뒤죽박죽되어 달리는 사이공 시내. 종전 이후 호치민시라고 바꿨으나 다시 사이공이라고 부르기 시작했다. 〈1996〉

1번 국도를 차단하는 안캐고지 전투에서 승리한 맹호부대는 정상에 전승비를 세웠다. 그런데 전쟁이 끝나고서도 허물어 버리지 않았다. 무신경이 아니라 역사의 교훈으로 삼겠다는 뜻이다. 이곳에 오르다가 두 형사에게 검문을 당했다. 관광객이 아니라 작가인 것을 알고 그들은 막았던 길을 열어주었다.
〈1996〉

나트랑 해변에 있는 한국군의 토치카. 무성한 야자수 숲에
안 어울리게 흉물스러웠다. 〈1996〉

사이공에 있는 한·베트남 친선 기술학교. 이 학교에서는 라이 따이한(한국계 혼혈아)들에게 한국어와 기술을 가르친다. 나의 오른쪽이 교장 레 귀쥬, 그리고 선생과 학생들. 〈1996〉 〈위〉

쌀로 만든 국수가 380여 가지. 과연 쌀 원산지다운 쌀 문화의 극치다. 쌀국수의 쫄깃거리고 담백한 맛은 이런 식당에서 얼 마든지 맛볼 수 있다. 〈1996〉 〈아래〉

나트랑박물관 그늘에서 만난 여대생들. 그들은 우리나라 여
대생들과는 달리 전혀 화장을 하지 않은 맑고 청순한 모습이
었다. 베트남에 파병을 하지 않을 수 없었던 한국의 입장을
충분히 이해한다면서, 그들은 내가 베트남을 어떻게 쓸 것인
지 못내 궁금해했다. 거의 모든 베트남 사람들이 한국에 대해
서는 나쁜 감정을 가지고 있지 않았다. 〈1996〉 (위)

메콩강 지류에서 만난 전형적인 베트남 여인. 이 여인은 사진
을 같이 찍자는 의사 표시에 몹시도 동양적 수줍음을 탔다.
〈1996〉 (아래)

야자수와 파초를 빼면 베트남 농촌 풍경은 우리나라 농촌과
너무 똑같다. 사람들까지 그래서 그리도 정겨운 것인가.
〈1996〉 (왼쪽)

하노이를 떠나며 베트남의 어제와 오늘과 내일을 많이 생각
했다. 나는 그지없이 착잡하고 우울했고, 다시 한 번 더 오리
라고 마음먹었다. 그래서 남은 돈도 그대로 가지고 왔다.
〈1996〉 (오른쪽)

독일의 탄광은 산골이 아니라 평지에 있고, 전혀 지저분하지
도 않다. 〈1996〉 (왼쪽)

『한강』을 위한 7월의 독일 취재. 독일 탄광에는 이제 한국 광
부들은 전혀 없고, 이들은 터키나 동구의 사람들이다. 〈1996〉
(오른쪽)

한국의 경제 발전사에서, 최초의 인력 수출이었던 서독 파견
광부와 간호사들의 피땀을 빼놓을 수 없다. 오른쪽이 나의
안내를 맡아 수고를 아끼지 않은 이종성 씨. (1996) (위)

역사의 유물이 된 베를린장벽. 이른바 '동베를린 사건'도 소홀
히 해서는 안 되는 분단 비극 중의 하나다. (1996) (아래)

강연과 휴식을 겸한 제주도 여행. 우이도에서. 〈1996〉 (위)

8월의 더위 속에서 이루어진 어떤 문학 강연. 〈1996〉 (아래)

236

실천문학사가 개최한 시화전의 개막식. 왼쪽 두 번째가 나.
두 사람 건너 화가 이만익, 시인 고은, 한 사람 건너 시인 신
경림 씨. 〈1996〉 (위)

수필가 피천득 선생님의 출판 기념회. 왼쪽부터 문학평론가
김우창 교수, 나, 아내, 피천득 선생님, 아동문학가 윤석중 선
생님, 시인 김남조, 샘터 회장 김재순, 한 사람 건너 소설가 최
인호 씨. 〈1996〉 (아래)

알프스의 만년설 같은 사랑을 언약하는 것인가. 〈1996〉 (위)

아무런 용건 없이 11월에 떠난 유럽 여행. 〈1996〉 (아래)

3월 1일에, 옛 서대문형무소 자리인 공원에서 '정신대 할머니를 위한 국민 모금 발대식'이 열려 연사로 참석했다. 옆은 이효재 선생. 〈1997〉 (위)

국회의원 김근태 후원회에서 한마디. 김근태는 80년대 투쟁의 상징이고, 정의로운 지식인의 표본이다. 그리고 그는 우리가 가장 신뢰를 거는 정치인상이다. 〈1997〉 (아래)

『태백산맥』 100쇄 출간 기념연이 3월 6일 프라자호텔에서 열렸다. 왼쪽부터 소설가 이순원, 문학평론가 권영민, 소설가 이윤기, 나, 시인 고은, 문학평론가 조남현, 《현대문학》 주간 양숙진 씨. 〈1997〉 (위)

왼쪽부터 아내, 아동문학가 정채봉, 나, 문학평론가 장영우, 《중앙일보》 문화부 차장 이경철, 시인이며 《창작과 비평》 주간인 이시영 씨. 〈1997〉 (오른쪽 위)

『태백산맥』 100쇄 돌파. 대하소설로 최초의 일이며, 450만 부
돌파는 한국 소설사 1백 년 동안의 최고부수라고 각 언론들이
보도. 노란 띠를 두른 100쇄 돌파 기념본이 출간되었다. 〈1997〉

새 소설 준비로 강연은 일절 사절하고 있는데 엉뚱하게 고등
학교, 그것도 지방에서 요청이 왔다. 그 집요함에 탄복해서
거창 대성고등학교에 갔다. 학생들과 선생님들 모두 진지하
고 열성적이었다. 학생회 임원들과 함께. 〈1997〉

242

국회의원들이 울릉도를 거쳐 독도를 가면서 나를 초청했다. 그러나 비 뿌리는 8월의 바다는 끝내 우리를 독도에 오르지 못하게 했다. 왼쪽 김근태 의원, 오른쪽 김호일 의원. 〈1997〉

새 소설 『한강』을 위해 보스턴과 뉴욕 취재에 나섰다. 초기 유학생과 이민의 삶이 그것에 집중되었다. MIT 공과 대학 본관 앞에서. 〈1997〉

왼쪽이 80년 운동의 주역 중 한 사람인 여일구 씨. 하버드대
학교에 연구차 와 있던 그는 나의 대학 동문이라는 죄로 며
칠 동안 부역의 노고를 다했다. 하버드 옌칭연구소에서 일정
에 없던 강연도 해야 했다. 〈1997〉

아내는 신변 보호 겸 일정 조정자 역할을 충실히 해냈다. 유엔본부 앞에서. 〈1997〉

4월의 궂은비가 내리는 속에서 미국과 인종을 다시 생각했다. 〈1997〉

파리에 간 길에 이어진 5월의 터키 여행. 동·서양의 문화가
교차하는 터키에서 특히 감동적이었던 것은 이 돌집들이다.
기독교인들의 수난사인 이 돌집들은 로마의 지하 도시와 함
께 인간이 얼마나 질긴 생명력의 동물인지를 가슴 서늘하게
느끼게 한다. 이 층층의 돌집들은 아파트의 원조이기도 하다.
〈1997〉 (왼쪽)

이 폐허의 도시는 우리의 개념 속에서 모호한 '도시 국가'를
한눈에 이해하게 하는 역사 유물이다. 빨간 양귀비꽃을 머리
에 꽂은 김초혜. 〈1997〉

『한강』을 위한 사우디아라비아 취재. 70~80년대의 중동 진출을 빼놓고는 우리의 경제 성장을 말할 수 없다. 사우디아라비아에 최초로 진출한 삼환기업이 젯다에서 메카로 가는 이 길을 닦아 왕의 신뢰를 획득했다. 〈1997〉

이 뚱뚱보 기사는 운전을 하다가도 기도 시간이 되면 막무가
내 가까운 사원으로 달려갔다. 그리고 다시 핸들을 잡으며,
알라신에게 나의 여정의 안전을 빌었다고 능청을 떨었다. 그
것도 그들 문화를 이해하는 좋은 계기였다. 뒤에 보이는 것이
전통적인 사우디 건물. 〈1997〉

붉은 모래밭에 놀러 나온 사우디인 가족과 함께. 오른쪽 세
사람의 한국인은 주식회사 신성의 리야드 지사 직원들. 붉은
모래는 사우디에서 처음 보았고, 현지인들도 신성시했다.
〈1997〉 (위)

수도 리야드에 새로 복원된 토성. 문화의 중요성을 인식한 결
과다. 사우디 지식인들의 기본 조건은 영어를 할 줄 알아야
하는 것처럼 그들은 영어가 익숙했다. 무조건 '말하는 영어'
교육의 결과라고 했다. 〈1997〉 (아래)

수도 리야드에서 담람으로 가는 중간 지점. 10월 말인데도
35도 더위. 여름에는 보통 40도를 넘는단다. 이 불모의 땅에
서 우리나라 사람들은 무엇을 위해서 피땀을 흘렸던 것인가.
〈1997〉 (위)

아라비아인들이 즐기는 물담배. 그들에게도 이제 골동품이
되어 있다. 내가 이것을 놓치고 지나갈 수 있는가. 그 맛은 차
후에……. 〈1997〉 (아래)

6월 6일 아버지의 고향 고흥군 남양면에서 충혼탑과 함께 아
버지의 시비가 건립되었다. 〈1998〉 (위)

시비 건립에 애쓴 면민 대표들과 함께. 시비의 오른편에서 왼
쪽 첫 번째가 나, 두 사람 건너 형. 〈1998〉 (아래)

시조 〈나도 풋말 되어 살고 싶다〉의 일부가 새겨진 시비.
〈1998〉 (위)

시비의 글씨를 쓴 서예가 홍동의 씨와 함께. 〈1998〉 (아래)

한·중 수교 6주년을 기념하여 제정된 제1회 노신문학상을 받았다. 노신문학상은 독일과 일본에서도 시상하고 있다. 왼쪽 두 번째부터 국회의원 김근태, 전 YMCA 총무 전택부, 중국 대사, 노신 선생 아들, 나, 아내, 자민련 박태준 총재, 한·중 문화교류회장 국회의원 이경재, 중국 노신학회 회장. 〈1998〉 (위)

문인 축하객들. 앞줄 왼쪽부터 시인 김형수, 『한강』의 삽화를 그리는 화가 이종구, 소설가 이순원·김남일·최인석, 뒷줄 왼쪽부터 시인 이영진, 민예총 사무총장이며 화가 김용태, 소설가 이경자, 나, 소설가 김영현, 문학평론가 김철·황광수, 맨 뒷줄 왼쪽부터 소설가 방현석, 시인 이문재·김정환 씨. 〈1998〉 (아래)

과거에서 현재로, 그리고 미래로!
조정래 문학산맥은 오늘도 굽이굽이 세상으로 뻗어나간다

"한정된 시간을 사는 동안 내가 해득할 수 있는 역사 내지 또한 사회의 성장, 그리고 그 속의 삶의 아픔을 결코 외면 하지는 않을 것이다."

1974년 6월 조정래

조정래 趙廷來

'작가정신의 승리'라 불리며 한국문학뿐 아니라 세계문학에서도 유례를 찾아보기 힘든 뛰어난 작품 활동을 펼쳐 온 조정래 작가는 '20세기 한국 현대사 3부작'인 대하소설 『태백산맥』『아리랑』『한강』을 20년 동안 집필하며 1천5백만 부 판매 돌파라는 한국 출판사상 초유의 기록을 수립했습니다.

1943년 전라남도 승주군 선암사에서 태어나 광주 서중학교, 서울 보성고등학교를 거쳐 동국대학교 국어국문학과를 졸업했습니다. 1970년 《현대문학》으로 등단한 후, 왜곡된 민족사에서 개인이 처한 한계에 이르기까지 다양한 영역을 아우르며 작품 활동을 펼쳐왔습니다. 최근 중국을 소재로 한 장편소설 『정글만리』(전3권)로 시대와 사회를 향한 뜨거운 애정을 작품으로 형상화하였습니다.

장편소설로 『대장경』『불놀이』『황토』『비탈진 음지』『인간연습』『사람의 탈』『허수아비춤』, 소설집으로 『상실의 풍경』『어떤 솔거의 죽음』『외면하는 벽』『유형의 땅』『그림자 접목』, 산문집으로 『조정래의 시선』『누구나 홀로 선 나무』『황홀한 글감옥』『길: 조정래 사진 여행』을 펴냈고, 청소년을 위한 위인전으로 『신채호』『안중근』『한용운』『김구』『박태준』『세종대왕』『이순신』을 발표했습니다.

현대문학상, 대한민국문학상, 단재문학상, 노신문학상, 광주문화예술상, 만해대상, 현대불교문학상 등을 수상한 조정래 작가의 작품은 영어·프랑스어·독일어·일본어 등으로 세계 곳곳에서 번역 출간되었고, 영화와 만화로 만들어졌으며, TV 드라마와 뮤지컬로도 제작되고 있습니다.

전 포항제철 회장으로서 포철 신화를 창조해 으뜸 기업인상을 보여준 자민련 박태준 총재 가족의 축하. 왼쪽부터 큰딸 진아, 나, 아내, 박 총재 부인 장옥자 여사, 박 총재, 큰사위인 국제변호사 윤영각 씨. 〈1998〉 (왼쪽 위)

원로 축하객들. 왼쪽부터 출판사 범우사 사장이며 수필가인 윤형두, 전 YMCA 총무 전택부, 수필가이며 영문학자인 피천득 선생, 나, 월간 《문학사상》 발행인인 임홍빈 회장. 〈1998〉 (왼쪽 아래)

왼쪽이 경제학자이며 《한겨레신문》 논설위원인 정운영 교수와 부인 박양선 여사, 나, 아내. 〈1998〉 (왼쪽)

일찍이 나의 소설집 『유형의 땅』과 『불놀이』를 출판했고, 내 문학과 인생을 혈육의 정으로 지켜보아 오고 있는 문예출판사 전병석 사장님과 함께. 〈1998〉 (오른쪽)

동국대학교 출신 문인들의 축하. 왼쪽부터 문학평론가 장영
우, 소설가 정찬주·이원규·이국자, 시인 김정웅. 수필가 윤형
두, 나, 시인 강민·문효치, 소설가 이상문·이상우, 수필가 유
혜자 씨. 〈1998〉

처가 식구들의 축하. 하는 일 없이 바쁜 청춘의 시간을 쪼개 조카들이 한자리에 모인 것이 특히나 기특하고 고맙다. 〈1998〉

중국 연변의 원로 작가 김학철 선생님이 7월의 더위를 헤치
고 오셨다. 신문 연재에 쫓기느라고 오래 모시지 못한 것이
죄로 남았다. 〈1998〉

『한강』을 위한 강진 취재에 나섰다. 시인 김영랑의 생가 앞뜰의 동백나무와 뒤뜰의 대나무 밭이 남도 지방 강진답다. 〈1998〉

강진의 얼굴이 된 다산초당. 산골로 가는 물줄기를 끌어 이
연못에다 물고기를 기르고, 자연히 흘러넘치는 물로 그 아래
에 미나리꽝을 만든 실용적 지혜를 알아야 이곳까지 애써 올
라온 의미가 있다. 〈1998〉

강진 바로 옆 장흥 고향에 내려와 사는 소설가 한승원 씨와
오랜만에 밤의 해변에서 한잔. 그것을 기념하려는 듯 이날 밤
안경을 잃어버렸다. 〈1998〉

80년대 운동을 이끌었던 핵심 중의 한 사람인 장성 백양사의 지선 스님과 함께. 80년대 이야기를 나누느라고 스님 옆방에서 신세를 졌다. 〈1998〉 (왼쪽)

분당으로 이사 와서 3년째. 시력이 회복되어 나는 멀리 보는 안경을 벗었다. 아내도 알레르기성 안질이 말끔히 없어지고 눈이 좋아졌다. 공기가 맑은 탓이다. 안 믿어도 어쩔 수 없지만. 〈1999〉

몇 년 만에 벌교에 가보니 광주 쪽에서 벌교로 진입하는 길목에 이런 푯말이 붙어 있었다. 보성군청에서 세운 것이다. 〈1999〉 (위)

내가 국민학생 때 살았던 집이다. 벌교읍 회정리 259번지. 그때는 초가 지붕이었다. 벌교를 그렇게 자주 갔으면서도 이 집에서 사진을 찍은 것은 처음이다. 〈1999〉 (아래)

아들 도현이 결혼식. 5월 2일 양쪽 집안에서 50명씩으로 인원 제한을 해서 조촐하게 치렀다. 외부 인사로는 주례를 맡은 전 《한겨레신문》 사장이며 남북어린이어깨동무 권근술 이사장한 분뿐. 물론 청첩장도 찍지 않았다. 결혼식들이 자기 과시적으로 비대해지고, 그에 따라 사치와 낭비로 흘러 사회 문제화한 것은 오래되었다. 나부터 그러지 않기로 한 작은 실천이었다. 내 얼굴에 드러난 완연한 영감 티를 보면서, 손자 손녀에게 읽힐 동화를 쓸 준비를 한다. 부디 행복하게 살기를……. 신부는 이민경. 〈1999〉

『한강』 연재 300회 기념 특집 좌담회에서. 300회면 두 권 분량이고, 5분의 1을 쓴 셈이다. 원고지 첫 장을 쓸 때는 15,000분의 1이었는데 어느덧 5분의 1이 되었다. 그러나 완성까지는 아직도 4년의 세월이 남아 있다. 그때 내 모습이 어떻게 변해 있을지 전혀 알 수가 없다. 작가의 삶이란 운명적으로 써야 하는 것이니까 겸손하게 최선을 다하려 하고 있다. 이 세상을 떠날 그날 갖게 될 후회를 줄이기 위해서. 〈1999〉

전북 김제는 호남평야의 중심이고, 그곳의 벼농사를 상징하는 기념물이 벽골제다. 그 광장 중앙에 두 번째 대하소설 『아리랑』의 문학비가 세워졌다. 왜냐하면 벼농사 때문에 일제강점기 시작부터 마지막 순간까지 처절하게 수탈당한 곳이 김제를 중심으로 한 호남평야이고, 『아리랑』은 그 이야기로부터 시작되고 있는 것이다. '김제 들판은 한반도에서 유일하게 지평선을 이루어내고 있는 곳이었다.' 『아리랑』에 묘사된 김제평야이고, 김제시에서는 그 문장에서 '지평선'을 따내 '김제지평선축제'를 연례 행사로 열기 시작했다. 그리고 김제 특산물인 쌀이 '지평선쌀'이 되고, 식당이며 여러 종류의 상점들도 지평선을 따다 쓰더니, 학교까지 '지평선 중·고등학교'가 탄생했다. 그날 버스가 김제를 향해 고속도로를 달리고 있는데 첫손자 재면이가 10시 29분에 태어났다는 핸드폰이 걸려왔다. 9월 29일에, 10시 29분이라니! 그 희한한 겹경사는 축복이었다. 〈2000〉

마흔에 『태백산맥』을 시작했는데 『아리랑』을 거쳐 『한강』을 끝내고 나니 예순이 되었다. 그 20년 세월은 초등학교 4학년 이었던 아들을 장가들였고, 나를 할아버지로 만들었다. 장년 의 세월을 작품에 송두리째 빼앗겨버린 것 같은 상실감을 채 워주는 것이 영특한 손자 재면이가 아닌가 싶다. 15개월짜리 재면이는 앞으로 15년쯤 후에 이 작품들을 읽게 되리라. 왼쪽 부터 『태백산맥』 『아리랑』 『한강』의 원고.

『태백산맥』이 일본 슈에이샤에서 번역 출간되었다. 출판기념회에서 인사하고 있다. 옆이 슈에이샤 사장. 〈2000〉 (위)

일어판 출간기념 강연회가 개최되었다. 왼쪽이 번역 감수자 윤학준 선생, 오른쪽이 한국문학 전공 평론가이다. 그는 『태백산맥』을 "한국과 한국 민족을 총체적으로 이해할 수 있는 백과사전"이라고 했다. 〈2000〉 (아래)

순천대학교 허상만 총장이 한일총장회의차 일본에 갔다. 그런
데 일본의 어느 대학 총장이 묻더란다. "『태백산맥』 읽었습니
까?" "그럼요. 진작에 읽었지요." "예. 그랬겠지요. 여기서도 그
것을 읽지 않으면 총장들 사이에서 대화가 안 될 정도입니다."
『태백산맥』 일어판. 〈2000〉

우리 세 식구. 아무리 생각해도 문학을 해서는 잘살 자신이 없어서 '아들 딸 구별 말고 하나만 낳아 잘 기르자' 해서 낳은 것이 아들 조도현. 그러나 그 계획은 부모의 일방통행이었을 뿐, 아들은 혼자 크면서 많은 외로움을 느꼈고, 마음에 많은 그늘을 만든 모양이다. 아, 아, 그 15년 후에 『태백산맥』이 그리도 잘 팔릴 줄 알았더라면 자식을 셋쯤 낳았어야 한다. 내 일생일대에 가장 실패한 계획이 그것이다. 〈2000〉

월드컵 열기 속에서 20개월짜리 재면이는 '붉은 악마'처럼 온 식구가 빨간 티셔츠를 입기를 원했다. 손자의 소원인데 어찌 안 들을 수가 있으랴. 할머니는 더위를 무릅쓰며 여기저기를 훑어 빨간 셔츠를 구해왔고, 할아버지는 망설임 없이 그것을 입고 손자와 산책을 나섰다. 만일의 사태에 대비해 기저귀를 찬 재면이는 뒤뚱뒤뚱 오리걸음을 걸으면서도 할아버지를 흉내 내고 싶어 짧은 팔을 가까스로 잡아 뒷짐을 지려 하고 있다. 그 장면을 할머니가 찰칵! 할머니가 탄생시킨 최고의 예술작품이 되었다. 〈2002〉

평생 앉아서 글을 쓴 업보로 내장을 받치고 있는 막이 터져 탈장수술을 받은 것이 2002년 1월이었다. 그 후 어떤 위험스런 상황에 부딪힐 때면 순간적으로 신경이 수술 자리로 집중되고는 했다. 그 부분이 부실해져 생기는 본능적 방어작용인 거였다. 그런 몸으로 어쩌자고 손자만 만나면 그리도 업어주고 싶었던 것일까. 손자가 업어달라고 졸라도 업어주지 말아야 할 텐데. 그런데 할아버지는 거의 매일 만날 때마다 "재면아, 할아버지가 업어줄까?" 하고 자청하고는 했다. 그때마다 재면이가 업히며 꼭 나누었던 대화. "하부지, 힘드더?" "아아니." "왜에에?" "우리 재면이가 예쁘니까." 그러면 혀도 제대로 돌아가지 않는 재면이는 사진에서처럼 한없이 그윽하고 만족스럽게 웃고는 했다. 그 정 나눔이 좋아 허리가 아파 끙끙대면서도 만날 때마다 업어주기를 자청했다. 그 '손자 바보'가 되는 것이 말년 인생의 가장 큰 복이었고, 글 쓰는 피곤을 가장 효과적으로 풀어주는 최고의 피로회복제였다. 〈2003〉

박태준 포스코 명예회장님은 평생을 바쳐 포항제철과 광양
제철을 건설함으로써 이 나라의 가전산업, 조선산업, 자동차
산업, 기계산업 등을 획기적으로 발전시켜 경제건설의 주역
역할을 해냈다. 국민적 존경을 받은 그런 분과 20년 넘게 친
교를 맺은 것은 내 인생의 큰 행운이었다. 프랑스 어느 공원
에서. 왼쪽 두 번째부터 아내 김초혜, 박태준 명예회장님, 부
인 장옥자 여사. 〈2003〉 (위)

일본 부사의 야외 족욕탕에서. 부사스는 일본에서 최초로
개발된 온천지로 유명하다. 이 족욕탕 뒤로 일본 역대의 저명
한 예술가들이 이곳을 다녀간 기념비들이 촘촘히 선 작은 공
원이 있어 인상적이다. 〈2006〉 (아래)

김제시에서는 '아리랑 문학비'에 만족하지 못하고 벽골제 건
너편에다 '조정래 아리랑 문학관'을 세웠다. 『아리랑』 집필에
관한 모든 자료들을 김제시에 기부했다. 사진 왼쪽부터 김제
시장 곽인희, 한국문인협회 이사장 신세훈, 작가, 포스코 명
예회장 박태준. 〈2003〉

지겔메이어 교수와 변정원 부부는 12권짜리 소설 『아리랑』 번역에 나섰고, 아르마땅 출판사는 더욱 과감하게 출판을 결정했다. 프랑스라는 나라의 문화적 저력은 이런 것인가. 『아리랑』불어판. 〈2003〉

지겔메이어 교수와 변정원 부부는 다시금 『태백산맥』 번역에
나섰고, 아르마땅 출판사는 또 선뜻 출판을 맡았다. 사장 드
니 씨의 속 깊은 배려가 무한히 고맙다. 『태백산맥』 불어판.
〈2007〉

북한에서는 병원 개원식에 참석한 우리 일행에게 고마움을
표하느라고 비행기로 백두산 삼지연 공항까지 가서, 백두산
장군봉에 올라 천지를 보게 해주었다. 천지를 배경으로 왼쪽
부터 세상을 떠난 경제학자 정운영과 학자이자 언론인 리영
희 선생, 《한겨레신문》 사장이었던 정태기, 작가. 〈2004〉

'남북어린이어깨동무'라는 북한 어린이 돕기 단체에서 평양에 '어린이병원'을 지어주었다. 그 비용은 순수한 민간 모금으로 이루어졌다. 민족의 평화통일을 염원하는 사람들이 마음 마음을 모은 것이었다. 그 개원식에 100여 명이 참석하기 위해 KAL 전세기를 띄웠다. 그 의미 깊은 일을 따라 북한행 첫 행보를 했다. 이 사진의 오른쪽 안의 벽면에 후원금 기부자들의 이름을 새긴 동판이 붙어 있다. 그 병원 옆에는 '어깨동무'에서 세워준 '콩우유' 공장도 있다. 그 공장의 원료와 이 병원의 운영비는 '어깨동무'에서 계속 대주기로 약속되어 있었다. 그런데 '이명박 정부' 들어 남북교류가 완전 중단상태에 빠져버렸으니 그 운영이 어찌 되었을까⋯⋯.〈2004〉

작은손자 재서는 이상하리만큼 예사 어린애답지 않은 면이
많다. 젖먹이 때부터 조심성이 뛰어나 턱이 없는 현대식 문지
방을 넘을 때는 기던 것을 멈추고 두 다리를 쭉 펴 엉덩이를
하늘 높이 들고는 살짝 건넜고, 겁이라고는 없이 담대해 팔에
예방주사를 맞을 때마다 주삿바늘 꽂히는 것을 빤히 쳐다보
고 있었고, 엄마 사랑을 빼앗긴 형에게 이런저런 텃세를 당하
면서도 한 번도 울음을 터트리는 일 없이 견뎌내는 참을성의
도사였고, 어느 때 한 번 칭얼거리거나 떼쓰는 일 없이 자라
났다. 그러니 장하고 대견해 이렇게 덩기덩기 업어주지 않을
수가 없다. 더구나 재서는 신기하게도 할아버지와 똑같이 '양
띠'로 태어났으니 더욱 예쁘지 않을 수 없다. 〈2005〉

순천시에서는 전체적으로 도로 정비를 하면서 '고향을 빛낸 인물들'의 실명을 따서 도로명을 정했다. 그중의 하나로 '조정 래길'이 탄생했고, 그 지표석이 세워졌다. 조정래길은 낙안 읍 성 입구에서부터 선암사 초입까지 60여 리에 이르는, 『태백 산맥』에서 염상진과 하대치 일행이 내왕했던 일명 '빨치산 루 트'이기도 하다. 낙안 읍성 입구의 표지석 앞에서. 오른쪽은 조충훈 순천 시장. 〈2005〉

문인부부로 도저히 잘살 자신이 없어서 아들 하나만을 낳았
다. 그런데 대화 상대가 없이 혼자 자란 아들의 외로움이 큰
마음병이 되었다는 것을 긴 세월이 지나서야 깨달았다. 그래
서 아들은 아들 둘을 두었다. 두 아들이 양쪽에서 아버지를
든든하게 부축할 수 있게 되었다는 안도감으로 나는 두 손자
를 더욱 예뻐하지 않을 수가 없었다. 두 놈을 이렇게 한꺼번
에 등에 태워도 무거운 줄을 모르게. 〈2006〉

두 아들(재면과 재서)의 아버지가 성균관대학교에서 언론학 박
사학위를 받았다. 시간강사 생활을 하면서 박사학위를 따는
일이 그리 쉽지는 않았을 것이다. 학문의 길이란 또 다른 인
고의 길이고, 늘 새롭게 열어가야 하는 창조의 길이기 때문이
다. 박사학위는 그 길의 완성이 아니라 시작이다. 그 시작의
문을 연 노고는 온 식구가 마음 합쳐 축하할 일이다. 〈2007〉

우리 가족 여섯. 아내와 결혼했던 인생의 봄이 이 사진처럼
단풍 든 가을이 되면서 우리 가족은 여섯으로 불어났다. 두
손자가 장가들고, 증손자가 또 둘씩 불어나 우리 가족이 열
둘이 될 때까지 살 수 있을까……. 차마 입 밖에 낼 수 없는
이런 욕심이 내 마음속에 치렁치렁한 것이 아닐까. 아니 오늘
이렇게 손에 손잡고 활짝 웃을 수 있는 것만도 하늘에 진심
으로 감사한다. 〈2007〉

두 손자 재면이와 재서는 참으로 기특하게도 별로 아픈 일 없고, 떼쓰거나 보채거나 칭얼대는 일 한 번도 없이 잘 자라났다. 저희들 성장에 알맞게 책도 많이 읽어 더 바랄 것 없이 슬기롭고 지혜롭게 언행을 한다. 그러니 할아버지는 이렇듯 손자들을 품으며 '손자바보'가 될 수밖에 없다. 이런 두 손자는, 나이 들어가도 늙거나 식지 않는 창작의 열정과 함께 내 삶의 두 가지 크나큰 기쁨이고 행복이다. 〈2007〉

『태백산맥』에 이어 『아리랑』도 100쇄를 돌파했다. 우리 민족은 5천 년 역사 속에서 크고 작은 외침을 931번 받았다. 그 수난의 끝이 결국 나라를 빼앗기고 만 일제식민치하였다. 그 굴욕과 치욕을 되풀이하지 않기 위해서, 그 슬픔과 고통이 앞으로 360년 동안은 민족의 정체성이 되어야 한다는 생각으로 쓰게 된 것이 『아리랑』이다. 그런 책이 독자들의 사랑을 받아 100쇄를 찍게 되었으니 그보다 더 큰 기쁨과 보람은 없다. 100쇄 기념 기자 간담회. 〈2007〉

『아리랑』 100쇄 사진. 〈2007〉

3,000미터 고봉들의 웅장함이 어우러진 맑고 넓은 호수 몽뜨레는 스위스의 아름다운 풍광들 중에서도 으뜸으로 꼽을 수있는 절경이다. 이 호텔의 모든 방에서도, 이 의자에서도 그빼어난 풍경은 한눈에 들어온다. 아내와 함께 무념무상의 휴식에 젖었다. 〈2008〉

사진가 이은주 선생이 '부부 이야기'라는 주제로 같은 길을 걷는 부부 43쌍을 가려 뽑아 이색 사진전을 개최했다. 그리고 그 사진첩에 제각기 짧은 글들을 곁들였다. 그 글의 끝문장이 '……그래서 다시 태어나도 김초혜와 결혼할 것이다'였다. 그래서 당장 '닭살 부부'라는 별명이 붙어버렸다. 〈2008〉

'조정래 태백산맥 문학관'은 '아리랑 문학관'보다 몇 년 앞서서 추진되었다. 그런데 개관은 5년이나 늦은 2008년에 했다. '국가보안법 위반 혐의자'로 11년 동안이나 조사를 받아야 했기 때문이다. 1994년 4월에 고발당해 2005년 5월에 무혐의 처분을 받고 나서야 그동안 중단되었던 문학관 사업이 다시 추진될 수 있었다. 『태백산맥』이 시작된 그 지점에 문학관이 자리 잡았다. 그 자리는 제석산의 끝자락 비탈인데, 설계자는 그 비탈을 싹둑 잘라 파내고는 건물을 들어앉혔다. '땅속에 묻혀 있던 역사의 진실을 햇빛 아래 드러낸' 『태백산맥』의 정신을 상징하기 위해서. 그 기발하고 탁월한 발상에 이의 없이 동의해 '태백산맥 문학관'은 탄생했다. 문학관 앞의 너른 마당이 새끼무당 소화의 집터다. 그리고 오른쪽의 잘려나간 높은 벽면은 이종상 화백의 거대한 벽화 〈백두대간의 염원〉이 장식했다. 높이 13미터, 길이 83미터의 이 벽화는 세계 최고 크기의 예술품이다. 〈2008〉

『태백산맥』 2부가 시작되는 지점, 벌교에서 율어로 넘어가는
고갯마루 주릿재에 '태백산맥 문학비'가 세워졌다. '아리랑 문
학비'와 마찬가지로 글씨는 '국필'로 이름을 떨쳤던 여초 김응
현 선생께서 쓰셨다. 〈2008〉

『죽기 전에 꼭 읽어야 할 책 1001』에 『태백산맥』이 선정됨. 서기 850년경에 씌어진 『아라비안나이트(천일야화)』에서부터 최근에 이르기까지 1200여 년 동안 발표된 전 세계의 소설을 대상으로 평론가·학자·작가·언론인 등으로 구성된 국제적인 전문가 집단이 참여하여 1001편을 가려 뽑은 책으로, 우리나라 작품으로는 『태백산맥』과 『토지』가 선정, 수록되었다(영국 카셀출판사. 번역서, 마로니에북스). 〈2008〉

태백산맥

조정래 Jo Jung-rae

작가 생몰연도 | 1943(대한민국)
초판 발행 | 1986
발행처 | 해냄출판사(서울)
연재 | 1983~1989, 「현대문학」誌

「태백산맥」은 한국에서 가장 존경받는 베스트셀러 작가 중 한 명인 조정래의 10권짜리 대하 소설이다. 이 작품은 제2차 세계대전 이후에 야기된 세계적인 냉전체제 속에서 한반도가 그 파도에 휩쓸리며 일어난 비극적 충돌을 다루고 있다.

그 비인간적인 이념의 충돌은 한국전쟁이 끝날 무렵 까지 계속된다. 「태백산맥」은 1948년부터 1953년까지, 한국 남서부의 작은 마을 벌교에 초점을 맞추고 있다. 때는 좌파나 우파로 파벌이 갈리던, 평범한 민간인들은 견디기 어려운 격동의 시기였다. 그 긴장은 종종 폭력을 동반했다. 힘의 균형이 깨질 때마다 고통받는 것은 마을 사람들이었다. 300명 에 달하는 인물이 등장하는 이 작품은 그중에서도 몇몇 주인 공들—좌익분자를 색출해내는 데 혈안이 되어 있는 난폭한 갑찰관 염상구, 공산당 위원장인 염상진, 중도를 지키는 반 '공산주의자 김범우, 소작농들에게 땅을 분배해주기로 마음 먹는 지주 김사용, 한국의 전통적인 가치를 대표하는 무당 소화 등—의 발자취를 좇는다. 의심과 공포 속에서 펼쳐지는 개개인의 드라마를 작가는 교묘하게 놓치지 않는다.

어떤 일본 평론가에게 '한국 민족을 총체적으로 이해할 수 있는 백과사전인 동시에, 강대국들이 저지른 횡포가 어떠했는가를 반추하게 하는 세계사적 의미까지 포괄하는 소설이다'라는 극찬을 받기도 하며 '20세기 한국인에게 가장 큰 영향을 미친 책'으로 꼽히는 「태백산맥」은 700만 부가 넘게 팔린 베스트셀러이다. 조정래는 종종 독자들로부터 어디까지가 진실이고 어디까지가 허구냐는 질문을 받는다고 밝힌 바 있다. "나는 웃으며 대답한다. 그 둘 사이의 경계를 찾아보기 어려운 소설이 진짜 좋은 소설이라고." **Hoy**

"문학은 인간의 인간다운 삶을 위하여 인간에게 기여해야 한다."

▲ 조정래의 대하소설은 20세기 한국인들의 보다 인간적인 삶에 비옥한 창산적 토양이 되어주었다.

『태백산맥』이 또다시 100쇄를 더해 200쇄 돌파를 맞이하게
되었다. 200쇄 돌파! 아무도 믿으려 하지 않았다. 그리고 '기
적'이라고 입들을 모았다. 『태백산맥』에 대한 독자들의 독후
감은 대략 다음 세 가지로 간추릴 수 있다. '세상을 보는 눈이
달라졌다.' '아껴가면서 읽었다.' '자식한테 물려주려고 가보로
간직하고 있다.' 이보다 더 흡족하고 큰 칭찬이 어디 있을까.
작가로서 그저 황송하고 고마울 따름이다. 200쇄 기념 기자
간담회. 〈2009〉

『태백산맥』200쇄 기념본은 가죽 표지에 양장본으로 제작되었다. '2000부 한정판'에는 권마다 '저자의 사인과 함께 일련번호'가 적혀 있다. 〈2009〉

『태백산맥』에 등장하는 '남도여관(본명 보성여관)'이 등록문화
재 132호로 등재되어 문화유산국민신탁에 의해 새롭게 복원
되어 문을 열었다. 소형 공연장을 겸한 찻집이 전면에, 숙박
시설이 후면에 위치한 새 모습의 보성여관은 『태백산맥』 무대
의 하나로서 새로운 의미를 갖는 문화휴식공간이 되었다. 향
기 그윽한 '보성차'의 맛을 음미하며 『태백산맥』에 대한 담소
를 나누는 추억을 만들 수 있는 곳이다. 〈2012〉

보성여관 복원 개관식 날 특별한 사람 넷이 한자리에 모여
섰다. 왼쪽부터 태백산맥 문학관을 설계한 건축가 김원, 작
가, 『태백산맥』을 영화화한 감독 임권택, 태백산맥 문학관 옆
벽에 거대한 벽화를 탄생시킨 화가 이종상. 이들을 바라보
고 있던 문화유산국민신탁의 김종규 회장은 『태백산맥』 4인
방'이라고 이름 붙였다. 〈2012〉

어느 날 글감옥에서. 〈2012〉 (왼쪽)

'손자는 황혼의 인생에 하늘이 준 마지막 선물'이라고 어느
글에 썼다. 손자들은 언제 어느 때 보아도 반갑고 기쁘고 즐
겁다. 그런데 이놈들의 학년이 높아져 갈수록 공부에 빼앗기
는 시간이 많아져 그만큼 만나는 시간이 줄어들게 된다. 그건
참 서운하고 억울하고, 참기 어려운 고통이다. 그건 이 세상
모든 할아버지들의 괴로움일 것이다. 손자들을 만날 때마다
무작정 예뻐만 하는 것이 아니라 한 차례씩은 이런 식의 엄
한 훈도를 한다. 초등학교 4학년인 작은손자 재서(왼쪽), 중학
교 1학년인 큰손자 재면이(오른쪽). 〈2013〉

2010년 중국은 일본을 무찌르고 G2의 자리를 차지했다. 이 느닷없는 사건은 '21세기 최대의 사건'으로 기록될지도 모른다. 세계 경제학자들의 예상을 40년이나 앞당긴 이 사건은 중국이 개혁개방 30년 동안에 이룩해 낸 업적이다. 중국의 이런 막강한 경제력은 우리나라의 미래와도 직결되어 있는 문제인 것이다. 그래서 1990년부터 소설거리로 생각해 오고 있었던 중국의 문제를 본격적으로 작품화 작업을 하기 시작했다. 『정글만리』는 3권으로 완성되었고, 교보문고에서는 특별 부스를 마련하고 사인회를 개최했다. 〈2013〉

출간 5개월 만에 100만부 판매 돌파

해냄출판사 '정글만리'

지난 7월15일 출간 이후 약 5개월 만에 총 판매 100만부를 돌파하며 올해 한국 출판계의 첫 밀리언셀러에 오른 장편소설 <정글만리>(전3권)는 대하소설 3부작 <태백산맥> <아리랑> <한강>으로 대한민국 근현대사를 꿰뚫으며 독자에게 큰 감동을 안겨준 조정래 작가의 신작 장편소설이다. 세계 경제의 중심으로 우뚝 선 중국에 주목하여 그 안에서 돈과 욕망을 좇는 비즈니스맨들의 역동적인 활약상을 흥미진진하게 담아낸 작품이다.

이 작품은 꼼꼼한 자료 조사와 현장답사로 중국의 사회·문화와 경제 전반에 걸친 통찰을 보여주며, 중국의 실상을 정확히 짚어냈다는 평가를 받고 있다. 특히 장기간의 경기 불황으로 비전을 찾지 못하는 정글 같은 사회 분위기에서 중국이라는 새로운 땅을 찾아 기회를 모색하는 주인공들의 모습이 앞으로의 경제에 대한 기대를 불러일으킨다는 점에서 독자들의 큰 공감을 이끌어냈다.

《경향신문》(2013. 12. 20)의 『정글만리』 100만 부 돌파 기사.

하늘에서 본 '아리랑문학마을' 전경 ① 아래 부분 좌우의 초가집들이 소설 『아리랑』의 주인공들 마을 형상화 ② 중앙 좌측의 네 채 건물이 일제의 식민 통치 기관들 ③ 그 옆의 오른쪽 반 타원형 건물이 제1전시관 ④ 오른쪽 끝부분의 분홍 지붕 건물이 제2전시관인 하얼빈역. 이상 네 부분으로 구성되어 있다. 〈2013〉(위)

아리랑문학마을 입구 사진. 전북 김제시에서는 일제 식민지시대의 살아 있는 역사 교육의 현장으로 '아리랑문학마을'을 대규모로 조성했다. 일제 식민지 36년의 처절함과 굴욕을 곱씹고 곱씹어 잊지 않고 생생히 기억함으로써 앞으로 360년 동안 우리 민족의 자존심을 지키고 정체성을 살리는 뿌리가 되게 해야 한다. 그런 의미에서 『아리랑』의 무대인 김제에 그런 역사 교육장이 만들어진 것은 그 의미가 자못 크다. 〈2013〉(아래)

① 주인공의 초가집들 ② 일제의 식민지 지배 기관들 ③ 제1전시
관 ④ 만주 이주자들의 집 ⑤ 제2전시관(하얼빈역 축소) ⑥ 주재소
내부 수사실 ⑦ 전시관 내부 ⑧ 정신대 여성의 형상화. 왼쪽 김제
이건식 시장, 오른쪽 조각가 김래환.

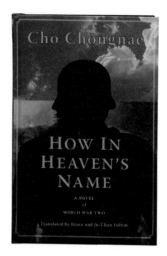

브루스 풀턴 교수와 윤주찬 부부가 번역한 『사람의 탈』(문학동네, 2007) 영어판. 제목이 '아이고, 하느님 맙소사' 하는 뜻의 미국 언어로 바뀌었다. 〈2013〉

『불놀이』
영문판(미국 코넬대, 1997), 프랑스어판(프랑스 아르마땅 출판사, 1998), 독어판(독일 페페르코른 출판사, 2005)

『상실의 풍경』 중 「청산댁」
프랑스어판(프랑스 이벨/판락 출판사, 1980)

『유형의 땅』
영문판(미국 샤프 출판사, 1993), 프랑스어판(프랑스 아르마땅 출
판사, 1999), 독어판(독일 페페르코른 출판사, 2004), 멕시코어판(멕
시코 폰도 데 쿨트라 에코노미카, 1991)

『그림자 접목』 중 「메아리 메아리」
영문판(미국 화이프파인 출판사, 1993)

『태백산맥』 필사는 아들과 며느리만 한 것이 아니다. 그 뒤를
따라서 독자들도 옮겨 베껴쓰기를 한 것이다. 그것을 기증 받
아 태백산맥문학관의 문학사랑방에 여섯 사람의 필사본을
전시했다. 그런데 지금 또 필사하고 있는 독자들이 있으니 앞
으로 그 수가 얼마가 될지 알 수가 없다. 〈2014〉

네 명의 필사자들과 함께. 왼쪽부터 홍혜순, 송대섭, 저자, 안
정자, 노재영. 두 명, 문선아와 김우태는 일정이 맞지 않아 참
석하지 못해 아쉽다. 〈2014〉

"절망은 느닷없이 오는 것이나
희망은 스스로 만드는 것이다.
절망을 이기는 것은 희망이다.
희망을 향해 뛰자, 높이 뛰자."

필립 힐스만은 사람들의 심리를 가장 잘 포착해 내는 세계적인 사진가다. 그는 1940년대 말부터 세계적인 인물들을 점핑시키고(뛰어오르게 해서) 그 순간을 사진에 담는 기발한 발상을 해서 독특하고 흥미로운 사진들을 많이 남겼다. 세계적인 명사들이 뛰어오르는 순간에 짓는 그 각양각색의 표정과 몸짓들은 단순한 흥미를 넘어서 그 사람의 성격이나 심층을 깊이 이해할 수 있는 단서를 제공한다. 그 유명한 사진들을 전시하면서 우리나라 명사들도 뛰게 하자는 아이디어가 첨가된 것이 《소셜뉴스 위키트리》가 세종문화회관에서 개최한 사진전 '점핑 위드 러브' 전(展)이었다. '세기의 인물과 날다'라는 소제목이 붙은 그 사진전에 나이 들어 무릎이 시원찮은 나는 유감스럽게도 '날아볼 수가' 없었다. 그래서 나 대신 뛰어오른 것이 큰손자 재면이고, 할아버지는 손자의 그 희망찬 비상을 지켜보면서 사진 위에 붙은 그 글을 생각해 냈다. 〈2013〉

보성군에서는 벌교읍 부용산 아래, 복원된 보성여관(『태백산맥』속의 남도여관)으로 이어진 '태백산맥길' 첫머리에 '태백산맥문학공원'을 조성하고, 그 기념조형물 제막식을 6월 12일 열었다. 높이 3미터, 길이 23미터의 조형물에는 작가의 약력, 『태백산맥』에 대한 평가, 『태백산맥』의 줄거리, 그리고 작가의 대형 흉상이 조각되어 있다. 그런데 그 조각은 보는 사람마다 깜짝깜짝 놀란다. 왜냐하면 두 가지 희한한 마술을 부리기 때문이다. 첫째는 조각이 평면 안쪽으로 움푹 들어가 음각이 되어 있는데, 일정한 거리로 떨어져서 보면 뚜렷한 입체의 양각으로 보인다. 그리고 둘째는 그 '역상(逆像) 조각'이 보는 사람의 움직임에 따라 함께 좌우로 움직인다. 그래서 제막식이 끝나자마자 현지인들은 '살아 움직이는 조각'을 보고 "전기 장치를 했느냐?"고 물었고, 아니라는 대답에 고개를 갸웃거리다가 끝내 그 기법을 이해하지 못하고 "귀신이 붙었다 보다"고 결론을 지었다. 그 '귀신 붙은' 역상 조각은 서울대 교수인 조각가 이용덕 화백이 창조해 낸 세계 최초이고 유일한 기법이다. 그 특이하고도 독창적인 예술품은 '귀신 붙은' 감동을 자아내며 벌교를 대표하는 또 하나의 소중한 볼거리가 되었다. 〈2014〉

마술적 '역상 조각' 기법을 세계 최초로 창조해 낸 조각가
이용덕 화백과 함께. 〈2014〉 (위)

아들, 아내와 함께. 〈2014〉 (아래)

2부

조정래의 문학 세계

산, 또는 우리나라 소나무

이 탄

(시인)

웃을 때는 꼭 장난꾸러기 같다. 동심여선(童心如仙)이라는 말이 떠오른다. 티 없이 웃는 얼굴에 미풍이 지나간다. 나도 빙그레 따라 웃는다.

옳고 그르고 싫고 좋고……, 이런 시비를 가릴 경우 말이 빨라지고 언덕을 뛰어 내려가는 사람처럼 급하다. 아니 언덕을 단숨에 오르는 사람처럼 호흡이 빨라지기도 한다. 이럴 때 그의 머리카락을 보면 우우우 소리를 내는 여름철 비 오는 날의 숲처럼 보인다.

진지한 그의 표정을 들여다보고 있으면 엄숙하다 못해 불성(佛性)이 드러나 보일 때가 있다. 어떤 때는 신들린 사람처럼 말하기도 한다.

화제가 무거울 때 나는 이내 피곤해져 쉬거나 피하는 것이 보통인데 그는 그렇지 않다. 정점을 향해서 계속한다. 정열이 있기 때문일 것이다. 이드(id)와 에고(ego)는 충분하고 균형이 잘 잡힌 것으로 보인다.

그는 기분 좋은 사람과는 대화를 즐기는 편이고 호인 기질도 있어 새벽까지 마실 수도 있지만 함부로 실력을 발휘하지는 않는다. 글쓰기 바쁘고 책 만들기 바쁠 테니까. 누구는 무슨 노래를 잘 부르고 누구는 그날 몇 곡을 부르고 하는 여흥의 장면을 기억해 내는 것을 보면 그런 자리에 그런대로 빠지지 않았다는 것을 알 수 있다. 그렇지만 그는 시간의 안배를 퍽 잘하고 효율적으로 활용하는 것 같다.

오래전의 일인데 밤에 그에게서 전화가 왔다. 《한국문학》을 인수하게 되었다고 하면서 시를 한 편 보내라는 것이었다. 정말이냐고 물었고 문학 잡지란 여러모로 어려운 일이 많은데 고생이 많겠다고 한 뒤 몇 마디 더 이야기를 하고 통화를 끝냈다. 며칠 후 시를 써서 부치고 그 새로 차린 편집실을 찾아갔다. 그는 없었다. 어디 나갔겠지 하고 말았다. 그런데 그런 것이 아니었다. 소설을 쓰기 위해 모처에 가 있었던 것이다.

그곳은 작가 조정래의 단골 집필실이었다. 얼마 동안 머무르다가 탈고가 되면 그곳을 나오는 것이다. 연재 중이던 『태백산맥』의 집필을 주로 그곳에서 하지 않았나 생각한다.

얼마나 현명한 일인가. 무작정 사무실에 앉아 있을 필요가 있겠는가. 그걸 나는 모르고 갔던 것이다. 말하자면 그는 글 쓰는 일을 조금도 게을리 할 수 없다는 결의를 세웠고 그것을 효율적으로 처리해 나가고 있는 것이다. 부지런한 그의 체질과 문학에 대한 뜨거운 열기가 있으므로 소설 쓰는 일이나 문학지 만드는 일에 열심일 수 있는 것이 아닌가 생각한다.

그 꾸준함과 열기, 집착은 부전자전일까. 원로 시조시인 조종현이 그의 춘부(春府)이시다. 60년대에 낸 조종현 선생님의 시조집 『자정의 지구』 편집 교정을 내가 맡아 했는데, 그 일로 나는 작가 조정래를 알게 되었다. 아니면 아내(시인 김초혜)의 시혼에 질세라 밤마다 어둠을 깎아 글자를 만들고 저 별빛으로 종지부를 만들어 쓰고 있는 것일까.

『태백산맥』을 보면 조정래의 작가적 야망과 저력이 어떠한 것인가를 함께 접할 수 있다. 그는 나에게 아내의 시 세계나 시작에 대해서 말하지 않았고 또 엄친의 작업을 귀띔하지도 않았다. 그는 누구를 말하지 않는 편이다. 오직 쓸 뿐이다. 쓰면서 그는 우리 소설의 병약한 부분을 발견하려 애쓰고 그것을 뛰어넘으려 한다. 단편과 장편에 대해서 어느 날 그는 나에게 길게 그의 견해를 밝힌 일이 있다. 물론 우연히 이야기하다가 나는 강의를 해도 잘하겠다고 그의 말끝에 토를 달았다. 그러나 나는 내심 '작가 조정래, 저 무서운 저력과 집념, 머지않아 거봉이 되겠구나, 나에게도 저런 저력과 집념이 있었으면' 했던 것이다.

소설을 읽고 감상한다든지 뜯어보는 눈도 바뀌는 것인지 나는 요즘에는 주제나 사상에 이르기 전에 먼저 문체나 통찰력을 보게 된다. 그리고 저력, 집념이 일단은 문체나 통찰력을 거쳐 집중되거나 통일성을 얻는 것이 아닌가 하는 순서를 매겨보기도 한다. 그것이 바른 것인지 틀린 것인지 모르겠으나 옛날에 읽은 소설을 다시 읽을 때 구성이나 주제, 스토리는 어느 정도 알았으니까 뜯어보려는 심사인지 이런 시선이 생겼다. 그러다가 마음에 드는 표현이 있으면 한 번 더 읽고 좋아서 웃는 것이다. 이상한 버릇인지 모르나 돈 안 들고 즐거우니 당분간 버릴 생각은 없다.

조정래의 『태백산맥』에는 나를 즐겁게 해주는 표현이 지면마다 그득하다.

모두 귀를 막아 귀머거리이고자 했고, 입을 봉해 벙어리이고자 했다. 그런데도 어찌 된 영문인지 소문은 무성하게 퍼질 뿐이었다. 춘향이가 겉눈을 감은 대신 속눈은 크게 떠 이 도령을 살폈듯 사람들이 막은 건 겉귀였고 봉한 건 겉입이었을 뿐 속귀는 더 예민한 촉수로 열려 있었고, 속입은 더 은밀한 소리로 속삭이고 있었던 것이다.

소문이 어떻게 번지는가에 대한 설명인데 춘향이가 이 도령을 속눈으로 살피는 것을 본 듯 표현한 것이 아주 그럴듯하다. 겉눈은 무엇이고 속눈은 무엇인가. 비유도 이쯤 되면 내 속눈은 어떤가 하고 슬며시 살펴볼 일이 아니겠는가. 한마디로 재미있고 즐겁다.

얼마나 그가 한 줄 한 줄 신경을 쓰면서 다듬고 있는지 상상해 보게 된다. 글 쓰는 이들이야 누구나 한 자 한 자 신경을 쓰겠지만 쓴 것만큼 효과가 나라는 법은 없지 않겠는가. 남이 못하는, 그 없는 부분을 채우는 것이 몇 퍼센트에 지나지 않는 재능이 아닐까. 그 재능을 작가 조정래는 지니고 있는 것이다. 재능은 천부적일까, 그것에 대해서는 나도 모르겠다. 그러나 낙숫물이 바위를 뚫는다는 말처럼 지치지 않고 쓰고 또 쓰고, 다듬고 다듬는 일에서 비롯되는 것이 아닐까. 오만과 편견을 넘어선 진술하고 맑은 심정에서 솟아나는 것이 아닐까. 그것이 작가의 역량에 큰 보탬이 된다고 믿는다. 조정래의 재능이 천부적인지 아닌지 모르겠으나 낙숫물처럼 끊임없는 정열이 그의 피를 뛰게 하고 있다는 것만은 곁에서 느낄 수 있다.

며칠 전에 보니까 이제 머리카락이 희끗희끗해지려는 판이고 얼굴도 팽팽한 기가 줄어들고 있었다. 나이 탓만은 아니었다.

분명 내가 그보다는 밥을 몇 그릇 더 먹었는데 나보다 더 노숙해 보였다. 온몸, 온 정신으로 쓰기 때문에 하루 24시간이 아니라 그 곱절을 살려 하므로 그렇게 된 것이 아닐까.

그 모습이 부럽다. 그리고 독자 입장에서 고맙고 감사할 뿐이다. 그의 글을 읽다 보면 숲에서 누가 외치는 것 같은 소리, 장독 위에 눈 내리는 소리 같은 것을 듣는다. 고음과 저음을 두루 사용하는 솜씨, 가락이 그의 글 속에 있어 시를 쓰는 나는 또 부럽다. 작가 조정래, 그는 우리나라 소나무, 그의 마음과 글은 하늘에 이르는 높은 산이다.

섬세한 정신과 굳건한 작가 의식의 조화

전 영 태

(문학평론가)

투철한 작가 의식

1980년대 후반기에 불꽃처럼 화려하게 우리 앞에 나타난 중견 작가 조정래.『태백산맥』1부 '한의 모닥불'과 2부 '민중의 불꽃'이 연재되고 출간된 80년대는 우리 문학에 있어서 『태백산맥』의 시대라고 해도 과언이 아니다. 70년대를 풍미한 작가들이 80년대에 들어서서 하나둘씩 문학사의 뒷면으로 사라지고 있는 문학적 풍토에서 70년대의 작가인 조정래가 80년대의 작가로 다시 부상할 수 있는 이유는 무엇일까?

그 까닭으로 나는 그의 성실한 생활 태도와 투철한 작가 의식을 꼽고 싶다. 연배가 훨씬 처지는, 고등학교 6년 후배인 나는 영광스럽게도 조정래 선배와 술자리를 같이할 수 있는 기회를 가끔 가졌는데, 평론가를 무색하게 하는 달변의 문학 논리와 정치가의 수준을 넘어서는 도도한 정치 논리의 전개에 매번 놀라고 있는 실정이다. 상대방의 의견을 경청하면서 상대를 압도하는 현하지변이 그의 소설에 나타나고 있음은 물론이다. 술자리라는 것을 하나 마나 한 이야기를 진지하게 전개하거나 진지한 이야기를 하나 마나 한 태도로 지껄이는 장소로 알고 있던 나로서는 조 선배를 통해 술자리가 책상머리에서 깨달을 수 없었던 진실을 확인하는 학습장이라는 사실을 알게 되었다.

예술적 감각

'히, 히, 히' 귀신 씻나락 까먹는 것 같은 이런 웃음은 조정래 (경칭 생략)의 기분이 절정에 도달했다는 신호이다. 그때부터 노래가 터져 나오기 시작하는데, 고장난 수도꼭지처럼 잠그려고 해도 노래의 물소리는 그치지 않는다. 유행가를 전라도 잡가처럼 부르는 가인(哥人). 언젠가 내가 그런 정의를 내린 바 있는데, 남녀 간의 간통 감정을 달짝지근하게 미화시킨 유행가 가사도 그의 입을 통해 나오면 민중적 삶의 아픔이 구석구석 서려 있는 전라도 잡가로 변한다. 이 묘한 편곡 능력은 후천적인 것이 아니라 거의 생득적인 것이라고 할 수 있다.

유행가 솜씨가 그의 여흥의 한 장기라면 미술에 대한 조예는 거의 프로급이다. 링컨의 초상화를 세밀도로 그린 그의 작품이 가족의 동의로 집안의 보물로 지정되었다고 하거니와 미술 작품을 보는 그의 안목은 화가나 평론가의 그것에 육박한다. 내 눈에는 물감 덩어리로밖에 안 보이는 캔버스를 놓고 조목조목 분석·해부하는 그의 말을 듣다 보면 해설이 너무 근사해서 작품이 빛나는 게 아닌가 의구심을 가질 정도이다.

이러한 탁월한 예술적 감각이 있기에 『태백산맥』의 유명한 겨울 꼬막 장면(1부)과 동백꽃 묘사 장면(2부)이 가능한 것이 아닌가 생각된다. 꼬막의 주름살 하나까지 정성스럽게 형태화한 장면이라든가, 동백꽃의 개화와 낙화 과정을 고속 카메라의 기법을 연상케 하는 정교한 서술로 형상화한 장면에 함축되어 있는 '섬세한 정신'은 그의 특출한 문학적 개성으로 평가될 것이다.

작가 조정래라고 하면 금방 떠오르는 이미지가 그의 졸고 있는 얼굴 모습이다. 이렇게 말하면 그를 모르는 사람들은 게으른 사람이 아닐까 하고 짐작하겠지만 천만의 말씀이다. 《한국문학》을 편집·간행하는 주간으로서, 대하소설 『태백산맥』을 집필하는 작가로서, 한 가정을 든든하게 이끌어가는 '도현이 아버지'로서 그의 일과는 무척 바쁘다. 새벽 2시까지 일을 하고도 아침 일찍 일어나는 그의 부지런한 삶의 결실이 그의 졸음으로 맺어진다는 사실을 알 만한 사람은 다 알고 있다.

성실한 삶의 태도

같이 차를 타고 가다가 화제가 그쳐 조용해지면 그는 금세 잠 속으로 빠져든다. 입을 헤 벌리고 코까지 골면서 정신없이 꿈속을 헤매는 그 모습―. 어떻게 그렇게 빨리 잠들 수 있을까? 일을 하지 않고 있는 순간이 수면의 시간이다. 그에게 있어 잠은 이렇게 정의된다. 그러나 잠을 깨우면 언제 잤더냐 싶게 하던 일이나 이야기를 계속하는 불가사의한 전신의 과정, 이것이 그의 부지런한 생활 습관과 관련됨은 두말할 나위가 없다.

작가 조정래에게 떠오르는 또 다른 이미지는 그의 부인 김초혜 여사의 해맑은 모습이다. 『실과 바늘의 악장』이라는 부부 공동 수필집을 냈을 정도로 이들 부부는 같이 출연하는 횟수가 잦다. 『사랑굿』의 시인 김초혜 여사가 베스트셀러 시인으로 부상하자 이에 뒤질세라 『태백산맥』이 스테디셀러의 책으로 떠오르는 등 이들 동갑 부부는 부부간의 선의의 경쟁을 가속화시킨다.

이들 부부가 벌이는 가벼운 말싸움을 지켜보면 부부 생활을 통해 언어 수련을 쌓고 있다는 생각이 절로 난다. 어느 한쪽도 결코 만만치 않기 때문에 아무리 장난조의 이야기라도 끊임없는 문학적 수련을 쌓아야 하고, 그러다 보면 작품의 언어 수준도 한 단계 올라서고, 부부간의 정이 두터워지는, 남편 좋고 부인 좋고의 샘나는 삶의 현장이 연출된다. 남편이 쓴 초고를 정독하는 시인 아내, 부인의 시를 비평하는 소설가 남편. 이 얼마나 근사한 결합인가? 남편이 쓰는 평론을 거들떠보지도 않는 아내, 아내가 정성 들여 뜬 레이스를 보고 물고기 잡는 그물이나 만들라고 핀잔을 주는 남편, 우리집 부부를 생각하다가 그집 부부를 보면 세상이 불공평하다는 것을 실감하게 된다.

같이 올라간 지리산 정상 천왕봉에서 멧부리와 골짜기의 지형을 자세하게 설명하면서 북으로 뻗어 오르는 '태백산맥'을 이야기하는 작가 조정래. 한 달에 20일은 잡지 운영과 생활적인 것에 시달리다가 나머지 열흘을 아낌없이 던져 소설 쓰기에 몰두하는 작가 조정래. 어깨가 빠지는 아픔을 느끼면서도 1년에 3천 매의 분량을 써낸 작가 조정래. 태백산맥을 횡단하고 종주해야 하는 멀고 험난한 도정(道程)이지만 사나이의 생애를 걸고 도전하는 집념의 작가 조정래의 건투를 독자와 더불어 지켜보고자 한다.

쑥내음과 마늘 기운이 누구보다도 강한,
조선솔과 같은 사람

정 채 봉

(동화작가)

뢴트겐이 엑스선을 발견하여 우리 몸속 사진을 찍게 하였듯이 어떤 영험한 인간이 만일 우리의 정신을 찍어 보일 수 있다면 나는 작가 조정래 씨를 이 렌즈로 들여다보고 싶다. 이 작가의 어디로 『태백산맥』의 곧은 뼈가 질러져 있는지, 그리고 『아리랑』은 지금 어디로 관통되고 있는지 한번 보고 싶은 것이다.

허나 아직은 이를 못 보고 있으나 내가 분명히 알아맞힐 수 있는 것이 하나 있다. 그것은 우리의 할머니 곰이 쑥 한 자루와 마늘 스무 개를 먹고서 동굴 속으로 들어가 마침내 삼칠일 만에 탈을 벗어버릴 수 있었던 그 억센 인내의 힘을 찾을 수 있다는 것이다. 우리의 쑥내음과 마늘 기운이 누구보다도 강한 작가가 조정래 씨이지 않은가.

우리들은 더러 독하다는 표현으로 '바늘로 찔러서 피 한 방울 나지 않을 사람'이라고 하기도 하는데 소설에 있어서는 최소한 그의 이마에 바늘을 찔렀다가는 도리어 바늘이 부러질 거라고 나는 말하겠다. 금방 자고 일어난 듯 부스스한 머리칼, 명베를 꽉 틀어짠 것 같은 물기 없는 얼굴빛, 그리고 아무 데서나 눈을 감았다 하면 잠 속으로 떨어지는 수부 같은 습성하며, 보통 눈으로 볼 때는 그렇고 그런 사람 중의 하나이다. 그러나 소설과 사회, 민족과 사상, 정의와 인간을 토할 때면 쑥과 마늘을 씹어 먹고 동굴 속에 들어앉은 곰처럼 참아내기 어려운 뜨거운 기운이 훅훅 끼쳐드는 다른 사람인 것이다.

나는 언젠가 작가 조정래 씨의 이마를 보면서 '그래, 빨랫돌 같아'라고 생각한 적이 있다. 차라리 소금 걸레라고 해야 할, 그리고 피에 젖어온 민중들의 서답에 얽힌 사연이 골골이 새겨져 있지 않고서야 어찌 그의 작업이 풀릴 수 있었겠는가.

『태백산맥』이 7권쯤 진행되고 있었을 때라고 기억한다. 밤중에 전화 벨이 울려서 받아보니 조정래 씨가 다짜고짜로

"난디 돌쩌귀풀꽃이 구시월에 피지잉?" 하고 물었다. 나는 그
때 꽃잠에 들어 있었으므로 "돌쩌귀풀꽃인지 문고리풀꽃인
지 구시월에 핀다 하문 어떻고 동짓달에 핀다 하문 어떻습니
까" 하구선 다시 잠을 청했다. 그런데 얼마나 지났을까, 난데
없이 소주병을 들고 들이닥쳐서 닦달을 하였다. "야, 지금이
몇 시냐, 이렇게 편하구서도 글이 살아남아주길 바라느냐"로
부터 시작해서 "태백산맥 그 넓은 천지에 나는 것이라면 돌
쩌귀풀꽃은 물론 검불 하나도 내게는 소중하다"로, 그리고
"지리산 골짜기에 들어가봐라, 층층이 다랭이논을 보면 수탈
자에 대한 분노가 끓지 않을 사람 없다"로까지.

소주가 그의 속에 불을 붙이자 흘러간 노랫가락을 꺼내놓
다가 느닷없이 커튼 자락을 가리키며 말하는 것이었다. "저기
저 단풍 봐라. 잡목숲의 단풍이다. 빌어먹을, 고향 떠나온 사
람들의 한숨빛이다"라고. 나는 그때 아, 미치는 것과 정상이
라는 것은 실금 하나의 이편 저편이구나 하고 생각했었다. 그
만큼 그 무렵의 작가 조정래 씨는 『태백산맥』에 미쳐 있었던
것이다.

이제 나는 작가 조정래 씨의 전생이 무엇이었건, 황산벌에
서 눈 부릅뜨고 죽은 백제의 장수였거나 학대하는 쥔놈의 사
타구니를 들이받고 개마고원쯤으로 달아나버린 황소였거나

간에 부탁하고자 한다.

　희랍 작가 카잔차키스가 바랐던 것처럼 언젠가 죽음이 찾아오면 뼈만 한 보퉁이 추려 가시라. 그동안 한 점 살, 한 방울의 피까지 모두 소설로 바꾸어놓으시라. 그리하여 만일 다음 생이 있다면 백두산 마루턱의 한 그루 조선솔로 몸을 받아 백설이 만건곤하여도 독야청청 쉬시라.

억압된 기억의 해방과 역사의 지평

황 광 수

(문학평론가)

『태백산맥』을 쓰기 전까지 조정래의 전반기 문학을 지배한 창작 원리가 한마디로 '상상력에 의한 글쓰기'였다고 말하면, 사뭇 의아스럽게 여길 독자들이 많을 것이다. 일반적으로 상상(想像, imagination)이란 비현실적 차원에 대한 표상이나 사고의 작용을 뜻하므로 '상상력에 의한 글쓰기'는 지시적 행위와는 거리가 먼 '자율적인 언어 구조'를 만들어내는 행위로 받아들여지기 쉬울 터인데, 조정래의 많은 소설들은 우리가 경험했거나 경험할 수 있는 사회 현상이나 역사적 사실들을 소재로 삼은 것들이 많기 때문이다. 그러나 조정래 자신은

"직접 체험을 소설로 쓰지 말아야 한다"(「대처승 떠나간 '공포의 땅'」, 『작가가 쓴 작가의 고향』, 조선일보사, 1987, 186쪽)고 스스로 경고했듯이, 실제로 그가 태어난 선암사나 유·소년 시절을 보낸 순천·논산·벌교·광주 등의 지명들이나 그 시절에 겪은 일들은 거의 쓰지 않았다(『불놀이』에 이르러 '회정리'라는 벌교의 지명을 그대로 쓴 것이 유일한 예외이다). 그러한 원칙을 세우고 지켜간 데에는 '상상력의 고갈'에 대한 두려움이 크게 작용했다는 그 자신의 해명이 덧붙여 있지만, 그 시기에 씌어진 작품들에서도 어쩔 수 없이 발견되는 체험의 흔적들은 전반기에 이루어진 그의 글쓰기가 결코 순탄치는 않았으리라는 짐작을 가능케 한다. 경험 표출의 잠재적 욕구와 표현 원칙의 고수 사이의 갈등이 작가에게 필요 이상의 고통을 안겨주었을 수도 있기 때문이다.

그래서 조정래가 직접 체험의 재현 또는 기억의 재생을 그토록 기피했던 데에는 어쩌면 그 자신의 고백과는 다른 이유들도 개재해 있는 것이 아닐까 하는 의구심에 사로잡히게도 된다. 예컨대, 당시 사회의 지극히 편협했던 반공주의적 분위기에 수용되기 어려울 수도 있었던 그의 특이한 가족사, 그러한 사회적 분위기에 조응하며 우리 문단을 지배하고 있던 문학적 편견 같은 것들이 암암리에 그의 의식을 자유롭지 못하게 하지 않았을까 하는 생각도 떠올려볼 수 있다는 것이다. 그러나 분명한 사실은 조정래에게 주어진 어린 시절의 체험은 그 어떠한 이유로도 영영 지워버리거나 억눌러버릴 수만은 없을 정도로 강렬한 것이었고, 진정한 작가라면 아무도 눈 감아버릴 수 없는 우리 현대사와 운명적으로 연루되어 있었다는 것이다. 그러기에 다소 억지스러운 가정을 해본다면, 그의 체험은 상상력을 우위에 두는 그의 창작 원리와 끊임없이 충돌하면서 의식의 표층으로 뚫고 나올 기회를 엿보고 있었을 것이다. 이처럼 조정래의 창작 원리는 처음부터 그대로 실현되기에는 어려운 것일 수도 있었다. 이러한 가정을 유보하더라도, 조정래의 작품에서 드러나는 문학적 성장 과정은 작가가 자신의 삶 속에서 끊임없이 행해온 질문과 탐색을 통해 이루어지는 의식의 발전 과정과 호흡을 같이하면서도 작가가 억압된 기억과 화해를 이루어가는 과정과 내밀하게 연관되어 있는 것처럼 보이기도 한다.

한마디로 그의 어린 시절 체험은 한 아이의 삶에 역사가 어떻게 투영될 수 있는지를 보여주는 하나의 전형적인 예가 될 만하다. 알다시피 어떠한 체험이든 그 주체에게 다양한 심리적 영향과 굴절을 일으키며, 그것이 창작의 재료로 쓰일 때에만 심미적 조직화와 제시의 과정을 거칠 수밖에 없는 것이고 보면, 체험이 그 자체로서 중요한 의미를 띨 수는 없다. 그리고 강렬하고 파괴적인 체험일수록 연약하고 수동적인 정신의 소유자에게는 오히려 도피적인 효과를 가져올 가능성도 크다. 그런데 어린 시절의 조정래가 보여주는 행동들은 그의 작품들에 편재해 있는 강인한 인간 정신과 겹쳐지면서 어쩔 수 없이 일종의 전사(戰士)적 이미지를 띠고 우리에게 다가온다. 조정래는 1943년 8월 17일, 아버지 조종현(趙宗玄)과 어머니 박성순(朴聖純)의 4남 4녀 중 넷째, 아들로는 둘째로 전라남도 승주군 쌍암면 선암사에서 태어났다. 태어난 지 이태가 지난 1945년 여름, 머리에 난 땀띠가 심해져 곪기 시작했다. 왼쪽 관자놀이 부분이 특히 심해 주먹만 한 혹처럼 되었다. 한의원이 침으로 그 고름 주머니를 따게 되었는데, 침이 꽂히는 순간 아이는 발작적으로 울음을 터뜨리며 어머니의 품을 빠져나가 한의원을 향해 주먹을 쥐고 내달았다(「작가 연보」, 『우리 시대, 우리 작가』 16, 동아출판사, 1987, 413쪽 참조). 세 살배기 아이 때 일이니 이 이야기는 그다지 남다른 일이 아닐 수도 있다. 그러나 5년이 지난 피난 시절에 보여준 행위는 그의 남다른 모습으로 보아도 좋을 듯하다. 그는, 토박이 아이들의 텃세에 굴복하여 시키는 대로 할 것인가 대항하여 자신을 지킬 것인가 하는, 그로서는 무척 중대할 수밖에 없는 선택의

기로에 놓인다. 여기서 그는 단호하게 대항하는 쪽을 택한다.

나보다 세 살 위인 형은 이런 것을 어떻게든 참아내려 했다. 그러나 나는 그렇지 못했다. 이를 악물고 그들과 싸웠다. 같은 패거리가 빙 둘러선 속에서 빼빼 마른 나는, 가운뎃손가락을 마디가 툭 튀어나오게 주먹을 꼬나 쥐고 그 튀어나온 마디에다 연방 침을 발라가며 결사적인 외로운 싸움을 벌였다. 누가먼저 코피를 쏟을 때까지, 누가 앙 울음을 터뜨릴 때까지, 그리고 또 한 놈과의 싸움이 끝나면 조금 더 센 놈과, 그놈에게 이기면 좀 더 센 놈과 맞붙어야 하는, 그런 끝도 없는 싸움이었다.

물론 나는 늘 이길 수는 없었다. 그러나 나는 얼굴을 할퀴어 피가 흐르거나 코피가 터져 진 일은 있어도 울어서 진 일은 없었다.

— 「암울한 계절의 파편들」, 『나』, 청람, 1978, 242쪽

이러한 천성은, 어린 시절에 참혹한 전쟁의 상처를 입은 동년배 작가들 가운데 많은 이들이 공포스러운 기억과 분단 사회의 왜곡된 이데올로기에 굴복하여 반공적 성향으로 기울거나 내면적 심상의 후원으로 물러나버린 경우와 대비될 수

있는 조정래 특유의 작가 정신으로 성장해 갈 만한 싹을 보여주는 것으로, 우리의 뇌리에 강한 인상을 심어준다.

소설가로서의 성장을 위해 그에게 마련된 토양은, 그의 작품 이름들(「유형의 땅」「박토의 혼」「회색의 땅」)이 말해 주듯이, 궁핍과 피비린내 나는 투쟁으로 충만한, 공포와 잔인의 땅이었다. 선암사의 부주지로 있던 아버지가 사회 개혁을 위해 사답(寺畓)을 소작인들에게 분배함으로써 주지와 충돌하는 사건이 벌어져 그의 가족은 1947년 선암사를 떠나 순천으로 이사하게 된다. 아버지의 사회 활동은 1948년 10월에 일어난 여순사건 이후 우경화된 사회적 분위기 속에서 극심한 모략과 곡해의 소용돌이에 휘말린다. 그리고 이 일로 인해 그의 가족은 생존의 벼랑 끝으로 내몰린다. "나는 그 사건을 계기로 정도를 헤아리기 어려운 마음의 상처를 입음과 동시에 나이에 걸맞지 않게 철이 들어버렸다. ……총구의 공포, 싸늘한 총소리, 시뻘건 피의 홍수, 시체의 더미…… 나 자신이 의아할 정도로 그때의 체험이 나 자신에게 많은 의문과 질문과 탐색을 반추하게 만들었다. 불행한 그러나 값진 체험이었다"(「작가 연보」, 413쪽). 그때의 체험이 값진 것으로 반추되는 일은 물론 그가 성장하여 작가가 된 이후에나 가능했을 것이다. 서북청년단원들에게 아버지가 몰매를 맞고 피 흘리며 끌려갔고, 다음 날엔 어머니와 형제들 넷이 재판소 앞마당에 끌려나갔다.

　그때 석구는 맨발이었다. 집에서부터 신을 신지 않은 것인지, 끌려오면서 벗겨진 것인지 알 수가 없었다. 그런데 그 넓은 마당에는 총알 껍질들이 덕석에 고추가 널린 것처럼 쫙 깔려 있었다. 그리고 시체들이 여기저기 널려 있었다. 석구는 총알 껍질이 발에 밟히지 않게 하려고 아래도 내려다보지 못한 채 발을 앞으로, 뒤로, 옆으로 옮겨놓고 있었다. 그러나 그때마다 맨발바닥에 총알 껍질들이 차가운 감촉으로 섬뜩섬뜩하게 밟혔다. 그 섬뜩거림은 시체들이 흘린 검붉은 피처럼 징그럽고 무서워 석구는 숨이 막혔다. 그러나 아래를 내려다보고 총알 껍질 없는 데를 골라 발을 옮겨놓을 수가 없었다. 만약 그랬다가는 총을 겨누고 있는 사람들이 팡 쏘아버릴 것 같았던 것이다. 동그란 총구멍의 무서움은 어제 아버지가 끌려갈 때도, 조금 전에 끌려 나오면서도 오줌 방울 질금거리게 겪었던 것이다.
　　　　　　　　　―『태백산맥』(제2판) 8권, 해냄, 1995, 150쪽

　인용문에 나오는 석구는 물론 그 시절의 조정래 자신을 옮겨놓은 것이다. 맨발바닥에 싸늘하게 밟혀왔던 총알 껍질의

감촉, 그것이 어떻게 시간이 흐른들 지워질 수 있었으랴! 모략에 휘말려 영어(囹圄)의 몸이 된 아버지는 해를 넘기도록 돌아오지 않았고, 조정래는 1949년 순천남국민학교에 입학했다. 입학의 즐거움은커녕 넓은 운동장이 출렁거리는 현기증에 시달리며 아버지에 대한 걱정에 휩싸이곤 했다. 1950년 아버지는 거의 폐인이 된 채 무죄 판결을 받고 풀려났다. 아버지는 어느 불교 신자의 권유와 도움으로 가족을 이끌고 그 '공포의 땅' 순천을 떠나 논산으로 이사했고, 그것은 결과적으로 보도연맹사건을 아슬아슬하게 피하게 해주었다.

6·25가 터지자, 논산에서 다시 은진 미륵불을 지나 북소라는 곳으로 피난을 갔다. "그 긴긴 여름, 나는 밤마다 어두운 하늘이 영사막이 되는 거대한 환각의 영화를 보고는 했다. 그 영사막에는 전쟁터의 온갖 참혹한 장면들이 끝없이 이어지는 것이었다. 그 환각 현상은 아무에게도 설명할 수가 없는 채로 20대의 나이까지 무시로 나타나고는 했다"(「작가 연보」, 414쪽). 밤하늘의 영사막은, 그의 가족들이 걱정했듯이, 정신적 증세의 한 표징일 수도 있다. 그러나 그것은 정신적 증세라기보다는 혼란스러운 공포의 장면들이 어린아이의 의식 속에서 언어적 질서로 정리되기 이전의 중간 단계가 아니었을까. 이러한 정신 현상은 또한, 작가가 현실을 시각적 형상으

로 포착하려 할 때 의식의 감광막 위에 떠올리게 되는 상(像)과도 너무도 유사해 보이기 때문에, 조정래가 지니고 있는 상상력의 비밀스러움을 한 자락 내비치고 있는 듯한 느낌을 갖게 한다. 실제로 작품들에서 보이는 그의 상상력은 주로 이미지, 은유, 상징을 만들어내는 데 쓰이기보다는 사실의 생생한 재현에서 역동적으로 작용하고 있는 경우들이 많다. 그럼에도 불구하고 그것이 즉물주의적 장면 묘사로만 흐르지 않을 수 있었던 데에는 사실들 사이의 균형과 조화를 이루어내는 그 자신의 의식의 강력한 통제력이 큰 몫을 담당했을 것이다. 어쨌든 '밤하늘의 영사막'은 공포스러운 체험들을 무의식적 징후의 모의 실험(simulation)을 통해 다소 완화된 형태로 내장하는 과정이었다고 보아도 좋을 듯하다.

그러나 그가 겪은 공포들이 안전하게 기억으로만 갈무리되었던 것은 아니다. 그것은 어린 몸속에 직접 침투해 들어가 생리적 변화를 일으키기도 했다. 야뇨증이라는 그 증상은 1951년 1·4후퇴 때 그의 가족이 겪은 충격적인 사건 이후 더욱 악화되어 매일 밤마다 자리를 적시게 하였으며, 그의 몸과 마음이 평화와 안식을 되찾을 때까지 어린 마음에 짙은 암영을 드리운다. 야뇨증을 극도로 악화시킨 그 사건은 「거부 반응」(1973)에 별다른 가감 없이 간략하게 서술되어 있고, 『태

346

『백산맥』에는 세 페이지에 걸쳐 비교적 소상하게 소설적으로 재현되어 그때의 숨 막힐 듯한 분위기를 전해준다. 후퇴를 하는 외국 군인들이 논산에까지 밀어닥친 1월 중순 어느 날 저녁이었다. 느닷없는 비명 소리가 들린 후, 낭자머리가 풀어헤쳐진 어머니가 방으로 뛰어들어 큰누나와 아주머니를 데리고 후다닥 뒷문으로 빠져나가자, 키가 천장에 닿을 듯한 외국 군인 세 명이 뛰어든다. 하나는 흑인, 둘은 백인이었다. 그들은 고개를 내젓는 아버지와 아저씨를 발길로 차고 주먹으로 후려쳤다. "석구는 꼼짝 않고 쪼그리고 앉아 피 흘리고 있는 아버지를 내려다보고 있었다. 아버지는 언제나 높아 보였고, 모든 사람 앞에 나섰으며, 모르는 것이 없었고, 그래서 엄하고도 어려운 존재였다. 그런데 아버지가 이렇듯 힘없고, 약하고, 볼품없고, 허망하게 당하는 것을 벌써 두 번째 보는 것이었다. 석구는 그게 그렇게 분하고 서러울 수가 없었다"(『태백산맥』 8권, 153~155쪽). 이때 어린 조정래는 마음의 은신처조차 없어져 버린 듯한 극단적인 무력감과 외로움을 경험했다.

어린아이의 성장 과정에서 크나큰 아버지상은 어떤 식으로든 깨어져나갈 수밖에 없지만, 그렇다고 해서 아버지의 역할이 언제나 아주 끝나버리는 것은 아니다. 조정래의 아버지 역시 그에게 무력감만 안겨주었던 것은 아니다. 아버지는 피난

지에서 아이들을 모아 한문을 가르치기도 했는데, 동네 사람들은 고마움의 표시로 무명베 등을 가져오기도 했다. 아버지는 가끔 포목 등속을 20여 리쯤 떨어진 읍내장터에 내다 팔기도 했다. 그럴 때면 언제나 형 대신 어린 그를 데리고 다녔다. 아버지는 시골길을 오가며 자신이 외고 있는 명시조들을 읊거나 자작 시조들을 낭송했다. 어린 아들은 알게 모르게 문학이라는 것에 눈떠갔다. 그러던 어느 날 귀가길에 수확 중인 고구마밭을 지나게 되었다. 그곳으로 눈길을 던지는 아이에게 아버지는 고구마가 먹고 싶으냐고 물었다. 아이는 고개를 끄덕였다. 아버지는 아이에게, 고구마밭 두 두렁을 캐드릴 터이니 고구마 두 개만 달라고 밭주인에게 말해 보라고 일렀다. 아이는 아버지가 시킨 대로 했다. 그러자 밭주인은 고구마를 안 캐도 두 개 줄 터이니 그냥 먹으라고 했다. 그 소리를 들은 아버지는 밭주인에게 공짜로 얻어먹는 버릇을 들이지 않으려고 그러는 것이니 고구마를 캐게 해달라고 부탁했다. 아버지와 아들은 두 두렁을 캐주고 고구마 두 개를 받아먹었다. 이 이야기는 『태백산맥』에서 하대치의 두 아들로 인물이 바뀌어 재현되는데, 아버지가 입산해 버린 아이들이 비뚤어지지 않고 커가는 모습으로 눈물겹게 다가온다(『태백산맥』 7권, 318~320쪽). 이처럼 아버지는 그에게 문학과 올바름이 무엇인지를 스스로 터득해 갈 수 있게 해주었다.

1953년 휴전이 이루어지고, 조정래의 가족은 피난 생활을 마감한다. "찾아갈 곳은 아버지의 두 형제가 살고 있는 벌교였다. 우리 가족은 거지나 다름없었다. 글짓기에서 전교 1등 상을 받았다. 그 최초의 일에 가장 기뻐한 건 아버지였다. (중략) 긴 포구의 고장 벌교는 아름답고 아늑하고 평온했다. 나는 벌교의 온갖 것을 아끼고 즐기고 사랑했다. 학교 다니는 재미를 알았고, 야뇨증은 거의 자연 치유되어 갔다"(「작가 연보」, 414~415쪽). 조정래는 6학년 때에는 학생회장까지 하며 벌교 시절을 만족스럽게 보낸다. 그의 일생에서 가장 행복했던 것으로 회고되는 이 시기에도 그의 가족은 생활고에서는 헤어나지 못했다. 아버지가 벌교상고 교사였으니 생계 수단이 없었던 것은 아니지만, 벌이에 비해 식구가 너무 많았다. 학교에 점심을 싸가기도 어려운 형편이었으니 반찬인들 변변할 리가 없었다. 그 당시에도 부잣집 아이들은 달걀이나 쇠고기 장조림 같은 것들을 싸왔고, 가난한 아이들은 으레 점심을 굶었다. 그는 가난한 아이들에게 더 친밀감을 느꼈고, 눈이나 비가 오는 날이면 머슴의 등에 업혀오는 부잣집 아이를 두들겨 패준 일도 있었다. 무엇이 정의 또는 올바름이냐고 묻는 소크라테스에게 그의 제자들은 빚을 갚는 것 또는 친구에게 잘해 주는 것 등 구구한 대답들을 늘어놓았지만, 조정래는 이 시절에 자기가 그런 질문을 받았다면 서슴없이 '고르게 나눠 먹는 것'이라고 대답했을 것이라고 말하며 멋쩍게 웃은 적이 있다. 그만큼 이 시절의 조정래는 세상의 고르지 못함에 강한 의문을 품게 되었으며, 그의 많은 소설들은 이러한 의문에 대한 집요한 탐색들을 보여주고 있다.

『태백산맥』의 주요 무대가 됨으로써 우리 시대의 중요한 역사의 땅으로 떠오른 벌교는 조정래의 전반기 소설들에서도 그 이름만 감추어진 채 간간이 그 모습을 드러낸다. 「청산댁」(1972)에 나오는 당산나무와 산비탈의 밭, 「황토」(1974)와 「유형의 땅」(1981)의 갈대숲, 「박토의 혼」(1983)의 과수원 등이 그것이다. 벌교는 『태백산맥』에서 여순사건으로 홍역을 치른 역사의 땅으로서뿐만 아니라 생활 경제적 측면에서도 다각적으로 조명되고 있다. 그러나 작가에게 그곳은 역사의 땅이기 이전에 볼 때마다 새로운 정감을 불러일으키는 마음의 고향이었고, 그곳을 떠나거나 되돌아오는 사람들의 눈에는 언제나 가슴을 활짝 열어젖히고 온갖 번뇌를 떨쳐버리게 하는 생명의 땅이었다. 그 험난한 시기에 서울에서 당시의 사회상과 역사의 흐름을 탐색하고 돌아오는 김범우에게도 그것은 예외일 수 없었다.

기차에서 내리는 김범우의 시야에 고깔 모양의 첨산이 먼저 들어왔다. 언제 보아도 단아하고 말쑥한 그 모습이 맑고 푸른 하늘을 배경으로 유난히 선명하게 가까워 보였다. 아아…… 김범우는 어떤 아늑함과 따스함과 편안함, 그런 것들이 고루 섞인 감정의 흔들림을 느끼며 한껏 숨을 들이켰다. 그건 고향을 떠났다가 돌아올 때만 느낄 수 있는 형용하기 어려운 감정의 파장이었다. 그는 숨을 들이켤 때 스르르 감겨진 눈을 그대로 감은 채 숨을 토해내며 고향의 냄새를 음미하고 있었다. 갯내음과 땅내음이 어우러진 그 미묘한 냄새도 고향만이 주는 특이한 냄새였다. 그 냄새 속에는 이상하게도 바람에 갈대잎 쓸리는 소리, 기러기 울음 소리 같은 것도 섞여 있는 듯 느껴지기도 했다. 분명 갯가이면서도 포구가 한정도 없이 길어 정작 바다는 멀리 밀쳐두고, 민물줄기를 따라 올라가면 반원을 그린 산줄기에 그 넓은 낙안벌을 품고 있는 고향은 언제나 두 가지 정취를 함께 느끼게 하는 풍광 아름다운 곳이었다. 숨을 들이켰다가 내쉬는 그 짧은 시간만은 머릿속을 깨끗이 비울 수가 있었다. 아버지가 입원했다는 사실까지도.

―『태백산맥』6권, 63~64쪽

　지세와 풍광에, 그리고 소리와 냄새에까지 오감을 다 열어

젖히고 맞이하는 고향 땅. 한순간의 관찰로써는 도저히 포착
될 수 없는 그것은 삶의 온갖 체험이 땀처럼 배어 있는, 그러
기에 단순한 정서적 환기물 이상의 것일 수밖에 없는 그런 것
으로 묘사되고 있다. 그래서 벌교는 우리에게 단순한 소설의
무대로서가 아니라 육화된 삶의 공간으로 다가온다. "야뇨증
을 치유해 준 안식의 땅" 벌교에서 조정래는 공부보다는 그
또래 아이들이 할 수 있는 온갖 놀이와 사랑방에서 펼쳐지는
어른들의 이야기들에 정신이 팔려버렸다. 그는 밤늦게까지 동
네 사랑방들을 순례하며 옛날이야기나 동네 사람들의 세상
살이들을 들었다. 그러느라 "어머니한테 야단도 꽤 맞았고,
숙제를 못해 가 선생님한테 종아리 맞기도 한두 번이 아니었
다"(「구만리장천 떠돈 한의 모닥불」, 『나의 삶, 나의 길』, 284쪽). 사
랑방 드나들기는 그에게 동네의 머슴들이나 소작인들의 한
서린 삶에 공감할 수 있는 감성을 제공했다. 그것은 또한 『태
백산맥』이나 『아리랑』에 심심치 않게 나오는 사랑방의 걸쭉
한 음담이나 한 많은 세상살이들을 판소리 가락에 실어 구성
지게 풀어가는 놀라운 솜씨의 원천이 되기도 했다. 이때부터
그는 아버지를 본받아 글을 쓰고 문집도 만들었다. 아버지가
채점을 끝낸 시험지들을 인쇄되지 않은 면이 밖으로 나오게
반으로 접어서 만든 개인 문집 10여 권과 함께 그의 초등학

교 시절은 마감된다.

1956년 아버지가 광주제일고등학교로 직장을 옮기면서 광주에서의 중학생 시절이 시작된다. 그가 다닌 학교는 전남의 명문 광주서중이었다. "벌교에 대한 그리움으로 혼자 외로움을 많이 앓았다"(「작가 연보」, 415쪽). 고등학교 입학 시험 준비에 몰두해야 할 3학년 때 공부보다는 수채화 그리기에 빠져 있었다는 것 말고는 별다른 추억거리도 만들지 못했다. 1959년 아버지가 다시 서울 보성고등학교로 직장을 옮기면서 서울 생활이 시작되었고, 이때부터 그의 고향은 전라도가 되었다. "아버지가 생애 최초로 장만한 집은 성북동 산비탈에 자리 잡은 그야말로 판잣집이었다. 벽이란 벽은 사이에 각목을 대고 양쪽에 판자를 붙인 것이었지만, 식구들은 최초의 우리 집에 박수를 보냈다. 그때 아버지의 연세 쉰일곱이었다"(「암울한 계절의 파편들」, 246쪽). 그러나 고등학교 시절은 그에게 혼자 있을 때조차 돌이키고 싶지 않은 것이 되어버렸다. 자신이 처한 특수한 형편 때문이었다. 그 학교 선생의 자식들에게는 등록금이 전액 면제되었기 때문에 조정래는 아버지가 재직하게 된 보성고등학교에 들어갔던 것이다. 고교생 시절에 흔히 있을 수 있는 사소한 잘못조차 아버지의 체면이나 위신 문제와 직결되었기에, 일거수일투족에 지나치게 신경을 쓰느라 그는 지쳐버렸다. 아버지를 '문어 대가리'로 부르는 아이들에게도 그는 대쪽 같은 성미를 꺾고 속으로만 삭여야 했다. 아버지의 미술에 대한 편견 때문에 미술반에 드는 것조차 허락되지 않았다. 그래서 문예반을 찾아갔더니, 자기 아버지가 지도 교사였다. 자포자기의 심정으로 그는 엉뚱하게 당수반에 들어갔고, 2천 미터 달리기에 1등 한 것이 계기가 되어 등산반에 끌려가 등산 시합의 주역이 되어 학교에 몇 차례인가 우승기를 안겨주었다(이상은 「암울한 계절의 파편들」, 248~249쪽 참조). 이 시절의 조정래는, 에베레스트를 정복함으로써 자신에게 가해진 온갖 굴욕과 수모를 한꺼번에 벗어버리겠다고 벼르는 「황토」의 동익이 지니고 있던 심리 상태와 비슷한 것을 경험하지 않았을까.

이 시절에도 '가난'은 그를 놓아주지 않았다. 가난은 그에게서 수학여행을 앗아갔고, 대학을 마칠 때까지 "꼬박 7년 동안 물지게를 어깨에서 떼지 못하게 만들었다. 산비탈의 판잣집에서 수돗물의 혜택은 엄두를 낼 수가 없었고, 나는 춘하추동 사시절을 아침저녁으로 물지게를 지고 산비탈을 헉헉대야 했다"(「암울한 계절의 파편들」, 247쪽). 이러한 체험 역시 훗날 그에게 문학적 소재와 영감의 원천이 되었다. 농촌 생활의 파탄으로 고향을 등지고 서울에 올라와 온갖 실패 끝에 칼갈이로 생계를 이어가는 복천 영감의 이야기로 엮어진 중편소설 「비탈진 음지」(1973)는 이때 체험한 산동네 사람들의 척박한 삶을 형상화한 것으로, 조정래의 전반기 문학에서 한 갈래의 큰 줄기를 이루는 도시빈민 주제 소설을 대표할 만한 것이다. 이 소설은 또한 도시빈민의 문제가 농촌 분해 현상과 맞물려 있음을 드러내는 한편, 고향을 잃은 사람들의 삶에서 고향말이 주는 느낌이 어떠한 것인지를 섬세하게 포착하고 있다. 복천 영감은 다른 칼갈이들의 '칼 가러' 하는 말투가 불손하여 마음에 들지 않았고, '칼 가세요'나 '칼 가십시오'는 뼈에 익지 않은 서울말이어서 차마 입 밖에 내지 못한다. 결국 고향말투로 '카알 가아씨요'라고 외쳐대던 그는 어느 날, "예 말이요, 아자씨. 칼 갈랑께 나 잠 봇씨요" 하는 고향말을 듣고 가슴이 확 트이는 느낌을 맛본다(『비탈진 음지』, 서적포, 22~23쪽). 가히 전라도말의 잔치판이라고 할 만한 『태백산맥』을 거쳐 『아리랑』에 이르러 고향말의 의미는 더욱 깊이 있게 탐색되고 있다. 만주로 도망가 함경도 사람들 속에 섞여 살게 된 수국은 그들과 의사소통이 잘 이루어지지 않아 심각한 심리적 증세까지 드러내게 된다. "저 사람이 내 말을 제대로 알아듣나 어쩌나, 내가 저 사람 말을 잘못 알아듣는 것은 아닌가 하는 걱정과 함께 머리가 어지러운 것 같기도 하고, 자신이 헛소리를 하고 있는 것 같기도 하는 것이었다. 그러다 보니 말은 자꾸 더듬거려지고 목소리는 커지고는 했다"(『아리랑』 7권, 86쪽).

미술반에도 문예반에도 들어갈 수 없었던 조정래는 남몰래 도서관에서 문학 전집을 읽고 타교생들과의 문학 서클 활동도 하며 글쓰기를 계속하던 중 문예반 아이들에게 그의 문집이 발각되어 3학년 때에야 학교 신문에 마지못해 글을 발표하게 되었고, "농촌 사회 활동을 실현시킬 꿈으로 이과반"에 적을 두고 있던 그는 3학년 2학기에야 국문과로 진학 목표를 바꾸고 문과반을 드나들며 공부하는 불편을 겪으며 대학 입시에 전념하게 된다(「작가 연보」, 416쪽). 동국대 국문과 시절(1962~1966)의 조정래는 "생애 최초로 무한한 자유스러움과 날개 돋친 듯한 비상감을 만끽하게 되었다"(같은 곳). 대학 시절의 가장 큰 소득은, 1967년에 육군 일등병의 몸으로 결혼하게 되는, 동급생이었던 시인 김초혜와의 연애였다. 대학 1학년 때에는 열심히 시를 썼고, 2학년 때부터 '미친 듯이' 소설을 썼으며, 그해 교내학술상 창작 부문에서 상을 타 두둑한 상금으로 친구들과 술판을 벌이기도 했다. 이 시절에 이미 장차 써야 할 소설의 방향이 정해졌다. 그러나 최초의 애독자였던 김초혜는 사회적·역사적 냄새가 짙게 풍기는 주제에 별로 호감을 갖지 않았지만, 군복무 시절(1966~1969)을 거쳐 등단(1970)에 이르기까지 지극한 인내와 헌신적 사랑으로 그의 글쓰기를 격려해 주었다. 그는 구멍가게 주인, 학교 선생, 잡지사 편집 직원, 출판사 운영 등으로 생계를 꾸려가면서 꾸준히 글을 썼고, 80년대 후반에 이르러 최소한의 생활비가 축적되자 다른 직업은 갖지 않고 글쓰기에만 전념해 오고 있다. 이때부터 그의 삶은 창작 생활과 거의 같은 것이 되어버렸다.

그가 본격적으로 소설을 쓰기 시작하면서 창작상까지 받았던 때로부터 7년이란 세월이 흐른 후에야 문단에 정식으로 발을 들여놓았을 만큼 그의 등단이 지연될 수밖에 없었던 데에는 그럴 만한 이유가 있었다. 당시의 사회를 지배하고 있던 이데올로기적 편견과 등단 제도의 불합리함이 그것이었다. 이 두 가지 이유는, 누구나 짐작할 수 있듯이 하나의 뿌리에서 파생된 두 줄기였다. 되풀이되는 좌절이 7년간이나 계속될지 미리 알았더라면 "그 고역 치르기를 일찍이 포기해 버렸을지도 모른다"(「암울한 계절의 파편들」, 256쪽)고 토로하고 있는 것을 보면, 당시에 그가 겪었을 고통이 어렴풋이 잡혀온다. 그럼에도 불구하고 두 편의 추천작 「누명」(《현대문학》 1970년 6월호)과 「선생님 기행」(《현대문학》 1970년 12월호)이 각기 강렬한 반미 의식과 분단 시대의 사회적 모순을 드러내고 있는 것을 보면, 그가 대학 시절에 품었던 뜻을 결코 꺾지 않았음이 확인된다.

전반기에 내놓은 많은 작품들에서 그는 고향이나 어린 시절의 체험, 또는 그 시절에 겪었던 역사적 사실들과는 직접적인 관계가 없는 주제들을 선택하고 있다. 비교적 근래의 작품집이나 단행본으로 엮어져 나온 중요한 작품들만 보더라도 「타이거 메이저」(1973), 「비탈진 음지」(1973), 「빙하기」(1974), 「동맥」(1974), 『대장경』(1976), 「어떤 솔거의 죽음」(1977), 「비둘기」(1977), 「마술의 손」(1978), 「미운 오리 새끼」(1978), 「장님 외줄타기」(1979), 「길이 다른 강」(1981), 「사랑의 벼랑」(1981) 등이 그러한 예에 속한다. 부부간의 이상적인 사랑의 원형이 무엇인지를 묻고 있는 「사랑의 벼랑」이나 외딴 섬의 지하 감방에 수감된 무기수의 한계 상황을 빼어나게 그려낸 「비둘기」와 같은 작품을 제외하면, 위에 열거한 소설들의 주제는 칼갈이, 제본소나 염색 공장의 여성 노동자들, 구두닦이, 택시 운전사 등의 직업을 지니고 있는 도시 빈민의 범주에 속하는 사람들의 삶 ; 그의 군복무 시절의 경험을 얼마간 반영하고 있는 듯이 보이는 미군 부대 주변의 '양공주'나 양쪽 모두로부터 버림받은 혼혈아들의 발붙일 곳 없는 삶 ; 그리고 작가 자신이 품고 있는 이상적인 예술가상 등의 세 부류로 나뉠 수 있다. 이 가운데 단편소설 「동맥」은 90년대적 상황에서 새롭게 조명되어야 할 만한 요소들을 지니고 있다. 70년대 염색 공장 여공들의 노동 조건이 전혀 구김살 없이 구체적으로 묘사되어 있는 이 소설은, 70년대 이후에 발표된 우리나라의 노동소설 대다수가 각성된 노동자들의 투쟁에만 초점이 맞추어진 나머지 우리 사회의 노동 현실이 노동자들 자신의 삶의 연장선에서 그려지지 못했던 것을 감안한다면, 80년대에 어렵사리 이루어진 노동소설의 전통이 새로운 모습으로 부활되는 데 하나의 시사점을 던져줄 수 있을 것이다 (물론 80년대의 노동소설들이 그 나름대로 당시 사회의 요구를 일정하게 반영했던 것은 부정될 수 없는 사실이다).

그의 전반기 작품을 대표할 만한 소설들 가운데 위에서 본 것들을 제외한 절반 정도는 어린 시절의 체험이 얼마간 스며들어 있는 것으로 보이며, 대체로 우리 현대사의 질곡에서 잉태된, '한'이라고밖에 표현될 수 없는 정서적 실체들의 뿌리를 한 가닥 한 가닥 파헤쳐가며 역사의 동맥에 접근해 가고 있다. 「청산댁」(1972), 「거부 반응」(1973), 「황토」(1974), 「유형의 땅」(1981), 「회색의 땅」(1982), 『불놀이』(1983), 「박토의 혼」(1983), 「메아리 메아리」(1984), 「시간의 그늘」(1985) 등이 그러한 범주에 속하는 것들이다. 이러한 작품들이 『태백산맥』이나 『아리랑』과 같은 후반기 소설들과 뚜렷이 구별되는 것은 양적인 확대에 따른 형식상의 차이에서뿐만 아니라, 현재의 삶과 시점에서 지워버릴 수 없는 과거의 일들이 반추되고 있다는 점 때문이다. 이러한 소설들은 발표 당시의 시대적 상황에서 그 나름의 필연성을 띠고 독자들의 공감을 불러일으켰지만, 과거를 회고하는 사람들 자신의 경험의 한계와 입장을 초월하지 못하게 됨으로써 이러한 소설들에서 드러나는 우리의 현대사는 하나의 일관된 흐름이나 전체상에 도달하지 못하고 불가피하게 제한된 소재를 통한 제한적인 의미를 띨 수밖에 없는 아쉬움을 남겨놓았다. 이러한 사실은 작가에게 본격적인 장편소설을 통해 우리의 현대사에 접근해 가야 할 절실한 필요성을 제기했을 것으로 보인다.

그러던 중 이번에는 광주가 다시 한 번 '공포의 땅'이 됨으로써 그러한 요구는 이제 피할 수 없는 의무가 되어 작가를 엄습한다. "광주에서 큰 사태가 발생했다. 견디다 못해 아내와 아들을 이끌고 그곳을 찾아가 하룻밤을 자고, 여러 곳을 살펴보았다. 참담한 죄의식과 소설을 쓴다는 일과…… 많은 것을 생각했다"(「작가 연보」, 418쪽). 이즈음 조정래는 갑오농민전쟁, 3·1운동, 광주민주화운동으로 이어지는 치열한 민중 항쟁의 역사를 대하 장편소설로 엮어낼 계획을 세우고 그 첫번째 작업으로 『태백산맥』의 집필 준비에 열중하는 한편, 전반기의 역사적 주제를 마무리할 만한 또 다른 작업을 시작한다. 그 결과로 태어나게 된 것이 『불놀이』(문예출판사, 1983)이다. 「인간 연습」「인간의 문」「인간의 계단」「인간의 탑」 등 네 편의 연작 중편들로 이루어진 이 장편소설은 하나의 역사적 사실을 거기에 연루된 각기 다른 사람들의 시각으로 반추함으로써 역사의 다층적 성격과 의미를 드러내면서, 과거의 행위와 입장의 차이에서 유발된 증오와 원한들이 현재의 서로 다른 입장에서 어떻게 해원에 이를 수 있는지 진지하게 탐색하고 있다. 물론 이 소설이 거둔 효과는 형식적 배려에 의해서만 이루어진 것은 아니고, 부모들 세대에 뒤엉킨 매듭을 풀지 않고는 현재의 삶도 정상적으로 영위할 수 없다는 인식에 도달하게 되는 과정을 설득력 있게 묘사함으로써 가능해진 것이기도 하다. 이렇게 하여 이 소설은 여러 사람들의 다양한 경험들이 얽혀들었던 하나의 역사적 사실을 동시대인들이 공유할 수 있는 담론의 장으로 이끌어내는 데 성공했다. 제각기 가슴속에 원한을 묻어두고 과거사에 대해 익명성을 유지하며 살아가는 한, 우리의 민족 공동체는 통일을 위한 진정한 화해에 이를 수 없다는 문제 의식과 폭넓은 역사

조망을 위한 다양한 시각들을 창조해 냄으로써 이 작품은
『태백산맥』과 같은 대하 역사소설의 탄생이 임박했음을 예고
해 주었다.

　1983년 조정래는 전반기의 창작 과정에서 지켜온 원칙을
수정하고, 어린 시절의 직접 체험까지 수용하며 『태백산맥』
의 집필에 착수, 6년 만에 완성을 보게 된다. "나는 비로소 특
정 지역을 소설 무대로 삼게 된 자유로움 속에서 고향을 샅
샅이 뒤지게 되었다. 등장하는 많은 인물들과 엮어져 나가는
모든 사건들은 다 허구이지만 지명들은 모두 실명 그대로이
며, 지형의 묘사나 도시의 구도도 실제 그대로 하려고 노력하
고 있다"(「대처승 떠나간 공포의 땅」, 『나의 삶, 나의 길』, 186쪽).
하지만 여기서 유의해야 할 점은, 그가 정작 수정한 것은 '상
상력에 의한 글쓰기' 그것이 아니라 상상력에 대해 그 자신
이 품고 있던 관념이라는 것이다. 전반기에 그가 고수했던 원
칙은 직접 체험을 배제함으로써 결과적으로 기억을 억압하게
되어 그 자신의 상상력이 자유롭게 펼쳐질 수 있는 공간을
제한했던 데 비해, 후반기에 이루어진 체험의 수용은 그 억압
되었던 기억을 해방함으로써 오히려 그의 상상력이 자유로움
을 얻어 체험에 대해서까지 객관적인 거리를 유지할 수 있는
심리적 여유를 갖게 하였음을 『태백산맥』은 웅변적으로 드러

냈기 때문이다. 조정래는 한 걸음 더 나아가 『아리랑』에서는 말씨를 제외하고는 그의 직접 체험과는 거의 무관한, 조사의 취재 그리고 2차적인 역사 자료에 관한 탐구를 통해 당시 사람들의 삶의 공간을 생생하게 그려낼 만큼 그의 문학적·역사적 상상력이 최고의 경지에 이르렀음을 보여주고 있다.

『태백산맥』이 우리 시대의 독자들을 가장 폭넓게 사로잡은 원인은 한마디로는 설명될 수 없지만, 그것은 분단 시대의 이념적 질곡에서 비롯된 반공적 시각을 완전히 극복하고 6·25가 이념적 동기나 강력한 외세의 충돌에 의해서라기보다는 일제 식민지 시대로부터 축적되어 온 민중의 생활상의 요구를 실현해 가는 과정에서 필연적으로 발생했다는 점을 밝혀낸 데에서 비롯된 것으로 보인다. 조정래가 도달하고 있는 이러한 역사 인식은 분단 이후 지배 세력의 이념 공세에 밀려 설 자리를 잃었던 민중 운동의 정당성을 구체적인 삶의 현실로 밑받침해 주었다는 점에서 80년대 젊은이들의 열광적인 공감을 이끌어냈으며, 그러한 열기는 지금도 여전하다. 이러한 '삶을 통한 역사 드러내기'는 작가에게 풍요로운 문학적 형상화의 질료를 제공함으로써 『태백산맥』이 단순한 '역사' 소설에 머무르지 않고 예술적 완성에 이르게 하는 데 큰 몫을 감당했다.

이와 더불어 조정래는 기층 민중의 시각뿐만 아니라 중간 지식인들의 그것에도 상당히 중요한 의미를 부여하여, 그들로 하여금 좌우익 모두에 대해 적절한 비판적 거리를 유지하면서 당시의 이념적 갈등과 투쟁을 객관적으로 해석해 내게 함으로써 이 소설의 인물 구성과 이념적 지도에 균형감을 제공하였다. 이러한 시각적 다양성과 맥을 같이하는 것으로 조정래의 후반기 문학에서 눈여겨볼 만한 요소는 폭넓게 수용되고 있는 '대화적 형상화'이다. 조정래는 이러한 방법을 통해 역사적 사실들을 생소하게 나열하지 않으면서, 민중들이 변화되고 있는 세계 현실에 그들 나름의 방식으로 대응해 가는 과정을 드러낸다. 예컨대 동네 사랑방의 남정네들이나 우물가의 아낙네들이 펼치는 대화들에서 우리는 세상에서 벌어지는 일들이 이들의 삶과 의식에서 어떻게 여과되고 있는지를 생생하게 볼 수 있다. 그 당시 대중들의 삶을 그대로 오려낸 듯한 이러한 장면들을 군데군데 배치하여 조정래는 소크라테스적 대화처럼 변증법적으로 삶의 진실에 접근해 가거나 힘 있는 자들을 발가벗겨 우스꽝스럽게 만듦으로써 그들의 위선이나 권위를 해학적으로 해체하는 모습을 보여주기도 한다.

『태백산맥』은 지금까지 더 이상의 언급이 필요하지 않을 정도로 수많은 평자들의 비평적 조명을 받았고, 유사 이래 최대의 판매 부수를 기록하였으며, 작가에게 최상급의 찬사와 경제적 안정까지 가져다주었다. 그러나 이러한 일이 있기까지 그는 글 쓰는 어려움 못지않게 많은 고통을 겪어야 했다. "5공의 짙은 어둠과 서릿발 같은 상황 속에서 역사 바로잡기를 하겠다고 나서고 보니 얼굴 없는 전화는 거의 매일 밤 걸려오지, 입 다문 사람들을 상대로 취재는 어렵지, 소설을 쓰고 사무실에 나가면 어김없이 형사의 문안은 받아야지, 나를 방송에 출연시킨 스태프진 모두가 한직으로 몰렸다는 소식은 들려오지, 여기저기서 충고성 경고는 날아들지, 소설을 쓰는 일의 힘겨움을 압도하는 그런 일들 때문에 피가 바작바작 타들지경이었다"(「구만리장천 떠돈 한의 모닥불」, 285~286쪽). 몇몇 좌담은 그 시절 생명의 위협을 느낀 그가 가족들에게 유언까지 해둔 사실을 전해주고 있다. 1994년 봄 극우 반공 단체가 그를 국가보안법 위반 혐의로 고소를 하였고, '국민의 정부'가 들어서기 전까지 한밤중에 얼굴 없는 협박 전화가 걸려오기도 했다.

조정래는 1989년 11월 『태백산맥』을 완간하고 약 1년간의 취재와 자료 정리 기간을 거친 후, 1990년 12월 『아리랑』의 집필에 착수하여 1995년 7월에 탈고, 해방 50년을 맞이한 우리 앞에 식민지 시대 40년의 거대한 초상화 한 폭을 펼쳐놓

왔다. 해방 50년과 『아리랑』, 이것은 시대와 호흡을 같이하는 조정래의 또 다른 면모를 보여준다. 이 소설은 작품 속의 시·공간이 엄청나게 확대되었다는 것과 역사를 보는 눈이 민중 중심적인 것에서 민족 중심적인 쪽으로 다소 이동했다는 점에서 앞의 작품과 구별된다. 그리고 소재의 범주가 넓어진 만큼 전체 역사에 대한 체계적 조망과 균형 감각도 더욱 날카롭게 가다듬어져 있다. 조정래는 일제의 토지조사사업의 결과로 농민들이 토지를 잃고 부두 노동자, 하와이 농장의 농노, 간도에서의 토지 경작자로 뿔뿔이 흩어져가는 복잡하고 참담한 현실을 그 세세한 가닥들까지 놓치지 않고 있으며, 이와 함께 의병 투쟁을 거쳐 국내외에서 펼쳐졌던 다양한 독립 운동들의 발생과 그 전개 과정을 어느 쪽에도 치우치지 않고 역동감 있게 그려내고 있는 것이다.

이 소설에서도 조정래는 역사적 사실들을 개별적 인물들의 자연스럽고 생동하는 삶으로 드러내는 데 많은 힘을 기울이고 있다. 그리하여 작중 인물들은 삶을 위한 투쟁, 다시 말해 그들 자신의 생존을 위한 투쟁을 전개해 가는 과정에서 불가피하게 시대적 현실로 진입하게 되고, 그들의 행위에는 민족적 또는 역사적 의미가 실리게 된다. 이러한 과정은 계절의 변화에 따른 농촌 풍경들, 만주·러시아·하와이·동남아시아 등지의 이국 풍물과 그곳에서 자기 몫의 삶을 치열하게 살아가면서 민족의 독립을 위해 헌신하는 사람들의 다양한 생활과 투쟁, 세태의 풍속, 전통적 생활 양식을 보여주는 세부 묘사를 통해 넘칠 듯한 현실감을 얻고 있다. 이 밖에 당시에 새롭게 등장하게 된 생활용품들이나 사탕 공장, 정미소, 미선소, 견사 공장 등 달라진 생활양식을 엿볼 수 있게 하는 제조업종들, 새롭게 등장한 교통 수단들, 그 시대의 독특한 행동 양식을 보여주는 비어나 속어들, 다채로운 유행 풍조들, 새로 유행되는 노래나 항일적 내용을 담은 장타령 등도 당시의 시대상과 분위기를 자연스럽게 드러내는 데 큰 몫을 해내고 있다. 이처럼 『아리랑』은 개인적 삶의 작은 가닥들이 내적 필연성을 띠고 광활한 민족 전선으로 뻗어 나아가는 모습들을 감동적으로 펼쳐 보임으로써 우리의 의식에서 일제 40년의 민족적 열패감과 어두운 그림자를 말짱히 몰아내고 있다.

집필 후 5년도 채 못 되는 기간에 이루어진 방대한 작품에 이만한 완성도를 부여한 힘은 자신의 삶을 온통 창작에만 바쳐온 조정래의 치열한 작가 정신, 바로 그것일 수밖에 없다. 이러한 정신은 "우리의 할머니 곰이 쑥 한 자루와 마늘 스무 개를 먹고서 동굴 속으로 들어가 마침내 삼칠일 만에 탈을 벗어버릴 수 있었던 그 억센 인내의 힘"(정채봉, 『한길』, 1991년

4월호)을 떠올려준다. 그러나 어찌 인내력뿐이겠는가. 그것은 계획하고, 준비하고, 실천하기를 거듭하는 철저한 자기 통제로써 가능해진 것이기도 하다. 그는 『아리랑』의 집필을 위해 국내 여러 곳은 말할 것도 없고, 중국·동남아시아·러시아·하와이·미국 본토 등 우리 민족의 삶과 투쟁이 뻗어간 곳이면 어디든지 찾아가 그곳 사람들의 이야기를 듣고, 그곳의 풍물을 스케치북에 그리거나 사진으로 찍어 그의 상상력이 거침없이 발휘될 수 있을 만큼 취재를 하고, 여러 종류의 사료들을 비교 검토하여 식민지 시대의 거대한 상(像)을 제 모습 그대로 품을 수 있게 된 이후에야, 거의 하루도 거르지 않는 성실성을 가지고 스스로 정해놓은 분량의 원고를 차근차근 써나갈 수 있었던 것이다.

『아리랑』의 완성으로 조정래는 이제 그가 80년대 벽두에 계획한 민족사의 소설화 작업을 거의 다 마친 셈이다. 11년간 쉼 없이 강행된 역사적 대장정이 여기에 이른 것이다. 그의 작가 생활 후반기에 이룩된 두 대하 장편소설은 이제 세계의 문을 열어가고 있다. 『태백산맥』은 일본에서, 『아리랑』은 프랑스에서 번역되고 있다. 조정래의 이 두 편의 역사적 창작물을 통해, 학문적 성격상 제한된 범위의 사료들과 그것들 사이의 제한된 관계들밖에 파악할 수 없는 역사학자들의 한계를 뛰어넘어, 우리 민족은 물론 한반도를 둘러싸고 있는 모든 민족들, 그리하여 마침내 전 인류가 불가피하게 연루될 수밖에 없는 인간사에 언어적 질서를 부여함으로써 우리가 살아가고 있는 현재의 시간과 삶의 의미가 미래로까지 뜻 깊게 투사될 수 있는 가능성을 열어놓은 셈이다. 이러한 작업이 이념적 무정부 상태를 드러내고 있는 90년대의 현실로까지 이어질 때 그 모습이 어떠한 것이 될지 지금으로서는 알 수 없지만, 민족의 독립이라는 동일한 목표를 두고서도 수많은 사상과 방법이 각축했던 시대상을 빼어나게 그려낸 솜씨가 녹슬지 않는 한 그것은 결코 우리의 기대를 비켜가지 않을 것이다.

조정래와 분단 극복의 문학

권 영 민

(문학평론가, 단국대 석좌교수)

1

한국 현대문학의 성격을 규정하는 하나의 중심개념으로 민족 분단 상황을 손꼽는다. 1945년 해방이 민족과 국토의 분단을 자초하는 혼란으로 이어졌다면, 1950년 한국전쟁은 민족 분단의 현실을 가장 뼈저리게 절감하도록 해준 역사적 비극이 된다. 그것은 전쟁의 참혹성만이 아니라, 이데올로기의 충동이 갖는 맹목성을 동시에 드러내주고 있다. 더구나 한국전쟁 이후 남과 북은 각각 상이한 대립적인 정치체제를 고

정시키면서 민족사의 전체적인 흐름을 왜곡시켜 놓고 있다. 이러한 분단 상황의 사회정치적 모순으로 인하여 민족공동체의 확립과 민족의 삶에 대한 총체적 인식이 불가능하게 되었음은 물론이다.

작가 조정래는 분단 상황의 한복판에 자리 잡고 있다. 그는 6·25전쟁의 비극성과 분단 상황의 모순구조를 민족 사회에 내재해 있던 계급구조에 근거하여 해명함으로써, 문학을 통한 분단 극복의 의지를 적극화한 바 있다. 그의 문학적 열정을 통하여 우리는 드디어 본격적인 의미에서 분단 극복을 지향하는 문학의 실천적인 방법을 확인할 수 있게 된다. 조정래는 식민지 시대에서 민족 해방으로 이어지는 격동의 과정을 『아리랑』을 통해 보여주었고, 민족 분단에서 한국전쟁으로 내몰린 혼란의 시대를 『태백산맥』으로 형상화하였다. 그리고 한국 사회의 산업화 과정과 민중의 성장을 『한강』이라는 대하소설의 형식을 빌려 재구성하고자 하였다. 한국 민족의 삶을 제약하고 있는 분단의 현실을 본질적인 면에서 규명해 보고자 하는 작가의 소설적인 작업이 궁극적으로 민족 분단의 극복에 있음을 생각한다면, 민족 통합의 시대를 추구하고 있는 한국인들에게 조정래의 문학은 바로 미래에 대한 새로운 도전을 의미하는 것임은 당연한 일이다.

2

조정래 문학의 원점에서 만나게 되는 두 편의 단편소설이 있다. 하나는 「청산댁」이고, 다른 하나는 「유형의 땅」이다. 소설 「청산댁」은 조정래 문학이 지니고 있는 문제의식의 진원지이다. 소설의 주인공 청산댁의 삶은 남편과 그 아들로 이어지는 남성적인 것들의 파멸 과정으로 점철되어 있다. 6·25전쟁과 남편의 죽음, 월남전과 아들의 전사로 이어지는 남성적 존재의 파괴 과정은 곧바로 청산댁의 삶 자체의 파괴로 이어진다. 소설 「청산댁」은 삶의 이념과 가치를 상징하는 남성의 부재 공간에 해당한다. 그리고 그것은 곧 작가 조정래가 파악한 분단의 상황이기도 하다. 조정래의 문학에서 한국전쟁의 상처를 보다 구체화한 것은 소설 「유형의 땅」이다. 이 작품의 주인공은 전쟁을 거치면서 삶의 모든 것을 상실하고 있다. 하나는 자기 삶의 터전이 되는 고향의 상실이며, 다른 하나는 자기 존재의 뿌리가 되는 가족의 해체이다. 소설의 주인공은 전쟁 당시 고향에서 좌익의 인민부위원장이 되어 민족주의 계열의 인사들을 처단하는 반동 숙청에 앞장선다. 그러나 전쟁이 끝나자 고향을 몰래 빠져나와 신분을 숨기고 전전한다. 끊임없는 부랑으로 이어진 그의 삶은 이른바 공산주의자에 동

조했다는 부역자의 비극적인 최후를 보여주는 마지막 초라한 죽음에 이르기까지 모두 처절한 파괴로 점철되어 있다. 작가 조정래는 「유형의 땅」에서 바로 그 개인의 삶의 처절한 파괴가 무엇을 의미하고 있는가를 질문하고 있다.

「청산댁」과 「유형의 땅」은 각각 줄거리가 다르지만, 그 주제의 해석 방식과 인물의 형상화 자체에서 상당한 공통점을 발견할 수 있다. 이 작품들에는 식민지 시대와 6·25전쟁의 고통이 비극적인 원상으로 각인되어 있다. 그리고 계급의 대립과 빈부의 갈등에서 빚어진 가난과 한스러움이 서로 얽혀 있다. 「청산댁」의 주인공 청산댁과 「유형의 땅」의 주인공 만석이 보여주는 운명적인 삶은 하나의 원형적인 패턴처럼 이후 조정래 문학의 전반에 걸쳐 반복적으로 이어지고 있으며, 역사적으로 확장되어 나타나고 있다.

『태백산맥』의 정신

소설 『태백산맥』은 한국 민족 분단의 상황 속에서 이루어진 거대한 문학적 성과라고 할 수 있다. 이 작품은 해방과 민족 분단과 6·25전쟁으로 이어지는 민족사의 격동기를 소설적 시간으로 설정하고 있다. 『태백산맥』의 이야기에서 작가는 분단의 현실과 그 상황 전개가 갖는 역사적 의미가 무엇인가를 확인하고자 한다. 이를 위해 작가는 단순한 이데올로기의 문제나 이념의 논리만을 내세우지 않는다. 이 사건에 등장하고 있는 실재적 인물과 허구적 인물을 병치시키면서 그들의 사회·경제적 배경을 극적으로 제시함으로써, 분단 상황 속에서 이루어진 정치 이념의 대립에 대한 해석의 폭을 넓혀놓고 있는 것이다.

『태백산맥』은 한국 현대문학에서 분단 상황의 정신적 극복이라는 하나의 목표에 도달한 소설적 성과라고 해도 과언이 아니다. 분단 상황과 그 삶의 현실을 그려낸 상당수의 작품들이 분단 문제를 심정적으로만 제시하는 데에 머물거나, 이데올로기의 대립 문제를 피상적으로 그려놓고 있는 점에 비추어본다면, 이 작품은 분단 극복의 의미를 적극화하기 위해서 민족사회의 내재적인 모순을 철저하게 비판하는 자세를 견지하고 있다. 이러한 작가의 관점과 태도는 분단 상황에 대한 인식 전환의 필요성을 제시하고 있는 것이며, 분단 극복의 새로운 가능성을 암시하는 것이라고 할 수 있다.

『태백산맥』은 민족 분단을 고정화한 6·25전쟁을 작품 내용의 절정 단계에 배치함으로써 해방 직후의 정치사회적 혼란과 민족 내부의 계급적 모순이 이 전쟁을 통해 어떻게 폭발하고 있는지를 극명하게 제시하고 있다. 이 작품의 내용 가운데에서 분단 문제와 연관하여 새롭게 관심을 불러일으킨 핵심적인 요소는 이념적 금기지대를 넘어서면서 분단 상황의 객관적인 인식을 가장 적극적으로 문제 삼고 있다는 점이다. '여순반란사건'과 '지리산 빨치산' 활동 등으로 이어지는 좌익운동의 실상을 그 근원적인 것에서부터 철저하게 파헤치고 있는 이 작품은 6·25전쟁의 비극성을 우리 민족 내부의 모순을 통해 더욱 적나라하게 표출시켜 놓고 있다. 좌익운동의 실상이 대부분 정치적 상황에 의해 은폐되어 버린 점을 생각한다면, 이 작품에서 사실의 소설적 복원과 그 객관적인 제시로 개방성의 의미를 넉넉히 음미할 수 있도록 하고 있는 것은 이 작품만이 지니고 있는 소설적 미덕이라고 할 것이다. 더구나 『태백산맥』은 이데올로기의 갈등과 그 대립의 실상을 첨예하게 드러내고 있으면서도 결코 그것은 이념 논쟁으로만 끌고 가지 않았다는 점이 중요하다. 이 작품에서 모든 인물들은 역사와 이념에 대한 낭만적 전망을 갖고 있지 않다. 그들은 봉건적인 사회제도의 약점과 모순구조를 벗어나기 위해 애쓰다가 현실 상황의 불안 속에서 이데올로기의 대립 과정 속으로 함몰되고 있을 뿐이다. 자신의 신분적 한계를 극복하기 위해, 숱한 역경 속에서 가슴에 쌓아온 한을 풀어버리기 위해, 그리고 자기가 서 있는 자리의 부당성을 털어버리기 위해, 그들은 모두 역사적 상황의 한복판에 서게 된 것이다. 그 것이 바로 민족의식의 분열로 나타났으며, 분단의 단초가 되어 6·25와 같은 전쟁의 불꽃으로 폭발한 것이다. 『태백산맥』은 분단의 체험을 적당히 얼버무리거나 슬그머니 덮어두기보다는 오히려 그 실상에 대한 철저한 규명과 비판적인 인식을 통해 분단 극복의 역사적 전망을 추구하고자 하는 점이 주목된다. 이 소설이 여순반란사건에서부터 6·25전쟁까지의 격변하는 현실 상황을 실재의 사실에 입각하여 명확하게 제시하고 있는 이유가 바로 여기에 있다.

『아리랑』에서 『한강』에 이르는 길

『아리랑』은 본격적인 의미의 대하 역사소설이다. 『태백산맥』이 민족 분단의 상황과 갈등의 역사를 집중적으로 조명하고 있다면, 『아리랑』은 식민지 상황을 역사적 상상력을 통해 통합적으로 해석함으로써 민족의식의 소설적 형상화에 성공하고 있다. 『아리랑』은 한국의 초기 근대화 과정을 왜곡시킨 일제 식민지 시대에 대한 비판적 인식을 근거로 하고 있다. 작가는 식민지 시대를 살다간 민중들의 삶의 모습을 요약적으로 제시하고 사회·역사적인 조건에 연결시켜 설명함으로써 자연스럽게 식민지 시대의 역사적 상황을 확산시켜 보여준다. 그러므로 이 작품에서 민족사의 왜곡된 전개과정과 그 속에 노정된 민중의 궁핍한 삶의 조건, 그리고, 증대되고 있는 삶의 위기를 극복하기 위한 치열한 투쟁의 과정을 충분히 인식할 수가 있다. 바로 이 같은 상황인식이 이 소설의 역사적 의미를 주목하게 하는 셈이다. 이 소설에서 토착 농민을 중심으로 하는 민중 세력의 확대 과정은 『태백산맥』의 이념적 대결 구조와는 사뭇 다르다. 『태백산맥』의 경우, 그것은 봉건적인 토지 소유제도에서 비롯된 계층의 분화와 그 착취 구조 내의 갈등이 이념적 대결 구조로 전환되면서 한국전쟁으로 이어진다. 그러나 『아리랑』의 경우 그 서사적 구도는 침략적 외세인 일본에 저항하는 한국 민중의 힘이 중심을 이루고 있는 것이다. 소설 『아리랑』의 이야기는 민족의 해방으로 귀결되지만 이 소설에서 해방은 민족적인 감격으로 묘사되고 있지 않다. 이것은 해방 이후의 역사를 바라보는 작가의 냉철한 역사의식에 의해서 방향 지어진 것이다.

『아리랑』의 이야기는 일제의 농민 수탈을 상징하는 군산이라는 항구를 소설적 공간으로 설정하고 있다. 『태백산맥』의 경우 벌교를 그 극적인 무대로 설정했던 것과 좋은 대조를 이룬다. 군산은 일본이 호남 곡창의 미곡을 수합하여 일본에 송출하기 위해 개항했던 항구이다. 작가는 일본 제국주의의 경제적 침탈을 가장 극명하게 보여주는 군산을 무대로 하여, 일제와 야합한 모리배들의 횡포를 고발하면서 한국의 토착자본들이 어떻게 붕괴되고 있으며 민중들이 어떻게 짓밟히고 있는지를 사실적으로 서술하고 있다. 군산은 그 의미가 긍정적이든 부정적이든 열려 있는 땅이다. 바다로 열려 있는 군산에서 바다를 건너면 중국이며 일본이다. 그리고 더 멀리 나아가면 하와이요 미국이다. 군산이라는 무대가 지니고 있는 이 공간적 개방성이야말로 『아리랑』의 역사적 상상력이 시공간의 제약을 넘어서서 얼마든지 확산될 수 있는 가능성을 말하는 것이다. 실제로 이 소설의 이야기 속에 등장하는 핵심 인물들이 이런저런 사연을 안고 군산을 떠나 만주 일본 미국 등지로 흩어지는 과정을 보면, 소설의 무대가 군산을 중심으로 거대한 방사체를 형성하면서 하나의 거대한 서사 공간으로 확대된다는 사실을 확인할 수 있다.

대하소설 『아리랑』에서 민중세력이 규합되어 일제의 침략에 대응하는 거대한 민족세력으로 확대되는 과정은 일본의 침략과 민중의 저항이라는 반식민주의적 대결 구조를 근간으로 서사화되고 있다. 물론 서사에서 시간과 공간의 변화에 따라 그 대결 방법과 이념적 성격에 차이가 드러난다. 이 작품에서는 일제의 강압과 침탈에 여러 계층의 민족세력이 어떻게 대처하는가를 주목하고 있기 때문에, 이야기 속의 모든 장면에서 핵심적인 인물들은 언제나 긴장된 대결 상황을 보여주고 있다.

조정래의 대하장편 『한강』은 한국전쟁 이후 폭력적인 권력에 의해 자행된 비민주적 정치 행태와 사회적 비리 속에서 이에 대응하는 민중의 성장을 그려놓는다. 조정래는 『태백산맥』 이전의 역사를 그려낸 『아리랑』과 『태백산맥』 이후의 시대상을 그린 『한강』이라는 작품 구도를 통해 스스로 언명한 것처럼 '한국 현대사 3부작'의 완성을 보여주고 있다. 이러한 거대 서사의 소설적 완성은 방대한 분량만이 아니라 격변하는 민족사의 흐름에 정면으로 대응하는 치열한 역사의식의 승리라는 점에서 그 문학사적 의미를 인정할 수 있다.

『한강』에서 그려내고 있는 한국의 현대사는 한마디로 압축하면 '분단 상황 속에서의 경제발전과 사회적 민주화의 과정'이라고 할 수 있다. 분단 체제가 고정되고 절대 권력이 강화되는 상황 속에서 한국 사회는 경제발전과 사회적 민주화라는 두 가지 방향의 성장을 추구한다. 그러나 이 두 방향은 양립하기 어려운 내부적 갈등과 충격을 수반하게 된다. 작가는 이러한 어려운 상황을 헤쳐 나아가기 위해 '한강'이라는 도도한 강물과 그 흐름을 소설 속에서 은유적으로 풀어내며 자신이 살아온 한국 현대사에 대한 반성까지도 함께 기록하고 있다. 이 작품이 그려내고 있는 한국의 현대사를 보면, 제1부 '격랑시대'를 통해 전쟁 이후의 4월 학생혁명, 5·16 군사 쿠데타를 전면에 펼쳐 보이고 있다. 작가는 전후 한국사회의 혼란과 4·19와 5·16으로 이어지는 정치적 격변기를 대변하는 전형적 인간형으로서 분단의 고통을 겪으며 살아가는 월북자의 아들, 권력을 지닌 정치인과 관료, 폭력 조직의 거물, 참담하게 살아가는 독립투사의 후예들을 골고루 등장시킨다. 그리고 이들이 시대 상황을 헤쳐 나가며 겪는 고난과 격정의 삶을 파노라마처럼 펼쳐낸다. 제2부 '유형시대'는 총력안보와 경제개발이라는 논리로 '닫힌 정치'의 시대를 열었던 1960년대 후반부터 1970년대가 중심을 이룬다. 그리고 제3부 '불신시대'는 1980년대 광주민주화운동에 이르는 민주화 투쟁의 역사가 중심을 이룬다. 이 소설에서 작가는 격동의 현실 속에서 민족의 삶의 끈질긴 의지를 주목하고 있다. 그러므로 이 작품은 민족의 삶의 현실을 떠나서는 그 소설적 주제와 인물의 형상을 이해하기 어렵다. 이 소설에서 가장 빛나는 대목은 삶의 다양한 모습을 보여주면서도 통일시대를 향한 민족의 요구를 결코 외면하지 않은 점이라고 할 수 있다.

조정래 문학에서『태백산맥』은 한국전쟁을 통해 민족 분단의 고통과 비극의 근원을 찾아 그 극복의 가능성을 추구해 낸 집념의 소산이며, 『아리랑』은 식민지 지배의 비극 속에서 왜곡된 민족의식을 바로 세우고자 하는 의지의 드높은 구현 이라고 하겠다. 그리고 『한강』을 통해 한국 사회의 고통스런 변화와 함께 민중의 의식적 성장 과정을 그려낸 것이다. 결국 이 세 편의 대하소설은 한국의 현대사를 소설을 통해 정신적 으로 재건하는 서사적 역정에 해당하는 것이다.

작가의 힘, 또는 현실을 보는 눈

작가 조정래가 민족사의 거대한 흐름을 서사화한 대하 장 편소설을 마무리한 후 본격적으로 접근한 새로운 과제는 한 국사회 내부의 모순을 극복하기 위한 이른바 '경제 민주화'라 는 담론이다. 장편 『허수아비춤』은 이에 대한 소설적 대안에 해당한다. 이 소설을 발표하면서 작가는 '이 땅의 모든 기업 들이 한 점 부끄러움 없이 투명경영을 하고, 그에 따른 세금 을 양심적으로 내고, 그리하여 소비자로서 줄기차게 기업들 을 키워온 우리 모두에게 그 혜택이 고루 퍼지고, 또한 튼튼 한 복지사회가 구축되어 우리나라가 사람이 진정 사람답게 사는 세상이 되는 것, 그것이 바로 경제민주화다'라고 규정하 고 있다.

『허수아비춤』의 이야기는 돈과 권력의 결탁이라는 비리의 경제에 초점이 맞춰진다. 물론 이 소설은 단순히 대기업 집단과 정치 권력자들의 부정한 거래를 비판하고 폭로하는 데에만 주력하고 있는 것은 아니다. 부정한 돈이 권력의 비호 아래 더 큰 부정을 저지르고 그 부정한 돈의 힘으로 다시 더 큰 권력이 들어서는 과정을 비판적으로 해부한다. 그러므로 이 소설은 부정과 비리를 확대 재생산하는 정치권력에 대한 심판을 요구하고 있는데, 국민의 정치적 선택과 그 선택에 대한 준엄한 책임도 동시에 묻고 있는 셈이다.

최근의 화제작『정글만리』는 작가의 시선이 우리들의 삶의 바깥에 자리하고 있는 중국의 현실을 향하고 있다. 그러나 이 소설의 이야기는 바깥세상의 것이 아니다. 우리 이웃 중국이 급속한 경제발전으로 세계 경제의 흐름의 중심이 되고 있음에 착안한 작품이기 때문이다. 중국의 역동적인 사회 변화를 보여주면서도 경제개발의 어두운 이면에 작가의 관심이 집중됨으로써 우리 내부에 존재하는 중국에 대한 이중적 시선과 편견, 복잡하게 뒤섞인 한중일의 근현대사로 형성된 민족감정까지 드러낼 수 있게 되는 것이다.

『정글만리』는 소설적 구성 자체가 '깨끗한 돈, 더러운 돈', '내 인생의 주인은 나', '정글법칙, 약육강식', '우정의 비즈니스'

등의 에피소드를 중심으로 이루어지고 있다. 이 소설은 다양한 삽화에 전형적인 인간형을 배치하는 에피소드적 구성을 보여줌으로써 오늘의 중국 사회가 앓고 있는 문제점을 흥미롭게 형상화하고 있다. 이 소설은 총체적인 역사의 흐름이나 삶의 전체성에 대한 인식에는 미흡하지만, 중국이라는 거대한 거울을 통해 21세기 한국과 한반도 주변의 경제적 정치적 흐름을 따라가며 우리 민족의 삶과 그 미래를 다시 조망해 볼 수 있다. 이러한 소설적 구도는 작가가 지닌 현실을 보는 탁월한 시각을 말해 준다고 할 수 있을 것이다.

하나의 매듭

작가 조정래의 문학 세계는 역사와 현실에 정면으로 대응한다. 그가 파악하고 있는 한국 민족사의 현실은 민족 전체의 삶을 왜곡시켜 온 사회구조의 모순이 이데올로기에 의해 다시 왜곡되는 과정과 맞닿아 있다. 그의 대하장편『태백산맥』『아리랑』『한강』은 이러한 문제성을 서사적으로 해체해 나아가는 창작적 실천의 성과에 해당한다.『태백산맥』은 분단문학이 하나의 목표로 설정했던 지점에 이윽고 도달한 소설이라고 해도 과언이 아니다. 분단의 현실을 그려낸 상당수의 작품들이 분단현실의 심정적 정황제시에 머물거나, 이데올로기 문제의 초보적인 인식 수준에 그쳐버린 점에 비추어본다면, 이 작품은 분단 극복의 의미를 적극화하기 위해서 민족사회의 내재적인 모순을 철저하게 비판하는 자세를 견지하고 있다. 소설『태백산맥』이 80년대 전환시대 문학의 최대 성과이면서 동시에 분단 극복을 지향하는 우리 문학의 정신적 결정체라고 한다면,『아리랑』은 식민지 시대의 역사를 광복 50년에 다시 소설적으로 재구성한 최대의 문제작으로 지목할 수 있다. 소설『아리랑』은 식민지 지배의 비극 속에서 왜곡된 민족의식을 바로 세우고자 하는 의지의 구현에 해당한다. 그러므로 이 소설은 우리의 근대사를 오늘의 현실과 잇대어 다시 세우는 역사의 소설적 재건이라고 할 수 있다. 두 작품에 뒤를 이어 발표한『한강』은 이 거대한 서사의 완결편으로서의 긴장을 수반한다. 그는 분단의 현실 속에서 끈질긴 생명력을 보여온 민족의 삶의 모습을『한강』을 통해 사실적으로 형상화함으로써, 그가 목표로 삼았던 한국 현대사의 모순과 왜곡된 진실을 소설적으로 규명하는 작업을 마무리하고 있다. 이 거장의 발걸음을 따라 오늘의 시대를 함께 살아간다는 것은 삶에 대한 열정과 역사에 대한 신념을 필요로 한다.

1943년   전남 승주군 선암사에서 아버지 조종현과 어머니 박성순 사
　　　　　이의 4남 4녀 중 넷째(아들로는 차남)로 태어남. 아버지는 일
　　　　　제시대 종교의 황국화 정책에 의해 만들어진 시범적인 대처
　　　　　승이었음.

1948년   '여순반란사건'을 순천에서 겪음.

1949년   순천 남국민학교 입학.

1950년   충남 논산에서 6·25를 맞음.

1953년   작은아버지들이 살고 있던 벌교로 이사. 최초의 자작 문집
　　　　　을 만들었고, 글짓기에서 전교 1등상을 받음.

1956년   광주 서중학교 입학.

1958년   아버지가 서울 보성고등학교로 전근.

1959년   서울로 이사. 광주 서중학교 제34회 졸업.
　　　　　보성고등학교 입학.

1962년   보성고등학교 제52회 졸업. 동국대학교 국문학과 입학.

1966년   대학 졸업과 동시에 육군 사병 입대.

1967년   시인 김초혜와 결혼.

1969년   육군 병장 제대.

1970년   《현대문학》 6월호에 「누명」이 첫회 추천됨. 12월호에 「선생님
　　　　　기행」으로 추천 완료. 동구여상에서 교직 근무 시작.

1971년   중편 「20년을 비가 내리는 땅」《현대문학》, 단편 「빙판」《신동
　　　　　아》, 「어떤 전설」《현대문학》 발표. 「선생님 기행」이 일본어로

번역됨.

1972년 중편 「청산댁」《현대문학》, 단편 「이런 식이더이다」《월간문학》
발표. 부부 작품집 『어떤 전설』(범우사) 출간. 중경고등학교
로 전근. 아들 도현을 낳음.

1973년 중편 「비탈진 음지」《현대문학》, 단편 「거부 반응」《현대문학》,
「타이거 메이저」《일본 한양》, 「상실기」를 「상실의 풍경」으로
개제《월간문학》에 발표. 10월 유신으로 교직을 떠나게 됨.
《월간문학》 편집일을 시작. 「청산댁」이 일본에서 간행된 『한
국전후대표작선집』에 번역 수록.

1974년 중편 「황토」 작품집 『황토』에 수록. 단편 「술 거절하는 사회」
《월간문학》, 「빙하기」《현대문학》, 「동맥」《월간문학》 발표. 작
품집 『황토』(현대문학사) 출간.

1975년 단편 「인형극」《현대문학》, 「이방 지대」《문학사상》, 「전염병」을
「살풀이굿」으로 개제《신동아》에 발표, 「발아설」을 「삶의 흠
집」으로 개제《월간문학》에 발표. 「황토」가 영화화됨. 월간문
학사 그만둠.

1976년 단편 「허깨비춤」《현대문학》, 「방황하는 얼굴」《한국문학》, 「검
은 뿌리」《소설문예》, 「비틀거리는 혼」《월간문학》 발표. 장편
『대장경』을 민족문학 대계의 일환으로 집필 완성.
월간 문예지《소설문예》 인수, 10월호부터 발간.

1977년 중편 「진화론」《현대문학》, 「비둘기」《소설문예》, 단편 「한, 그 그
늘의 자리」《문학사상》, 「신문을 사절함」《소설문예》, 「어떤 솔거
의 죽음」《창작과비평》, 「변신의 굴레」《신동아》, 「우리들의 흔
적」《소설문예》 발표. 작품집 『20년을 비가 내리는 땅』(범우
사) 출간. 10월호를 끝으로《소설문예》의 경영권을 넘김.

1978년 　중편 「미운 오리 새끼」《소설문예》, 단편 「마술의 손」《현대문학》, 「외면하는 벽」《주간조선》, 「살 만한 세상」《월간중앙》 발표. 작품집 『한, 그 그늘의 자리』(태창문화사) 출간. 도서출판 민예사 설립.

1979년 　단편 「두 개의 얼굴」《문예중앙》, 「사약」《주간조선》, 「장님 외줄타기」《정경문화》 발표. 중편 「청산댁」이 KBS〈TV문학관〉에 극화 방영.

1980년 　단편 「모래탑」《현대문학》, 「자연 공부」《주간조선》 발표. 도서출판 민예사의 경영권을 넘기고 주간의 일을 봄. 문고본 『허망한 세상 이야기』(삼중당) 출간.

1981년 　중편 「유형의 땅」《현대문학》, 「길이 다른 강」《월간조선》, 「사랑의 벼랑」《여성동아》, 단편 「껍질의 삶」《한국문학》 발표. 장편 『대장경』(민예사) 출간. 중편 「청산댁」이 프랑스어로 번역 출간. 중편 「유형의 땅」으로 현대문학상 수상.

1982년 　중편 「인간 연습」《한국문학》, 「인간의 문」《현대문학》, 「인간의 계단」《소설문학》, 「인간의 탑」《현대문학》, 단편 「회색의 땅」《문학사상》, 「그림자 접목」《소설문학》 발표. 작품집 『유형의 땅』(문예출판사) 출간. 중편 「인간의 문」으로 대한민국문학상 수상. 중편 「유형의 땅」이 MBC TV 6·25 특집극으로 방영.

1983년 　중편 「박토의 혼」《한국문학》, 단편 「움직이는 고향」《소설문학》 발표. 대하소설 『태백산맥』을 원고지 1만 5천 매 예정으로 《현대문학》 9월호부터 연재 시작. 연작 장편 『불놀이』(문예출판사) 출간. 『불놀이』가 MBC TV 6·25 특집극으로 방영.

1984년 　중편 「운명의 빛」을 「길」로 개제 《한국문학》에 발표. 단편 「메아리 메아리」《소설문학》 발표. 장편 『불놀이』 영어로 번역. 중편 「박토의 혼」 독일어로 번역. 작품 「메아리 메아리」로 소설 문학작품상 수상. 도서출판 민예사에서 《한국문학》을 인수하고, 주간을 맡아 12월호부터 발간.

1985년 중편 「시간의 그늘」《한국문학》 발표. 대하소설 『태백산맥』 연재 집필을 위해 매달 안양의 라자로마을에 10여 일씩 칩거.

1986년 『태백산맥』 제1부 4천 8백 매 완결(《현대문학》 9월호). 제1부를 3권의 단행본으로 출간(한길사).

1987년 『태백산맥』 제2부를 《한국문학》 1월호부터 연재 시작하여 12월호까지 3천 2백 매 완결. 제2부를 2권의 단행본으로 출간.

1988년 『태백산맥』 제3부를 《한국문학》 3월호부터 연재 시작하여 12월호까지 3천 2백 매 완결. 제3부를 2권의 단행본으로 출간. 작품집 『어머니의 넋』(한국문학사) 출간. 신문사 문학 담당 기자와 문학평론가 39인이 뽑은 '80년대 최고의 작품' 1위 『태백산맥』(《문예중앙》, 1988년 여름호). 성옥문화상 수상.

1989년 『태백산맥』 제4부를 《한국문학》 1월호부터 연재 시작하여 11월호까지 4천 5백 매 완결. 제4부를 3권의 단행본으로 출간(전 10권 완간). 『태백산맥』 완결을 고대하며 투병하시던 아버지의 별세를 소설을 쓰다가 전화로 연락받음. 소설의 완결까지 연재 1회분 반을 남겨놓은 상태에서 아버지의 장례를 치름. 문학평론가 48인이 뽑은 '80년대 최대의 문제작' 1위 『태백산맥』(『80년대 대표소설선』, 1989년, 현암사).
80년대의 '금단'을 깬 대표 소설 『태백산맥』(《한겨레신문》, 1989. 12. 28). 동국문학상 수상.

1990년 새 대하소설 『아리랑』의 집필을 위해 중국 만주, 동남아 일대, 미국 하와이, 일본, 러시아 연해주 등지를 취재 여행. 12월

11일부터 《한국일보》에 2만 매로 예정된 『아리랑』 연재를 시작. 출판인 34인이 뽑은 '이 한 권의 책' 1위 『태백산맥』(《경향신문》, 1990. 8. 11). 현역 작가와 평론가 50인이 뽑은 '한국의 최고 소설' 『태백산맥』(《시사저널》, 1990. 11. 22).

1991년   『아리랑』 연재 계속. 작품 『태백산맥』으로 단재문학상 수상. 『태백산맥』으로 유주현문학상 수여가 결정되었지만 수상을 거부함. 이를 계기로 그 상이 폐지되었음. 『태백산맥』 연구서 『문학과 역사와 인간』(한길사) 출간. 전국 대학생 1,650명이 뽑은 '가장 감명 깊은 책' 1위 『태백산맥』, '대학생 필독 도서' 1위 『태백산맥』(《중앙일보》, 1991. 11. 26).

1992년   『아리랑』 연재 계속. 대검찰청에서 『태백산맥』이 국가보안법상의 이적 표현물과 적에 대한 고무 찬양에 저촉되는지를 내사한 결과 작가에 대한 의법 조치나 책의 판금을 문제 삼지 않기로 했다고 발표. '학생이나 노동자들이 읽으면 불온 서적 소지·탐독으로 의법 조치할 것이며, 일반 독자들이 교양으로 읽는 경우에는 무관하다'는 내용의 대검 발표는 모든 언론들의 비판과 조롱거리가 됨. 대검의 그런 공식적 태도는 『태백산맥』 1부가 단행본으로 발간되면서부터 작가에게 몇 년 동안에 걸쳐 줄기차게 가해져 온 모든 수사 기관들의 음성적 압력과 억압 그리고 협박이 대표적으로 표출된 것에 지나지 않음. 일본의 출판사 집영사와 『태백산맥』 전 10권 완역 출판 계약 체결, 일본에서 대하소설을 완역 계약한 것은 최초. 한국의 지성 49인이 뽑은 '미래를 위한 오늘의 고전' 60선에 『태백산맥』 선정(《출판저널》, 1992. 2. 20). 독자 5백 명이 뽑은 '가장 기억에 남는 작품' 1위 『태백산맥』, 서울

리서치 조사(《조선일보》, 1992. 8. 25).

1993년 『아리랑』 연재 계속. 외아들 도현이 육군 사병 입대. 중편 「유형의 땅」이 영어로 번역되어 현대한국소설집(제목 『유형의 땅』, 샤프 출판사) 출간.

1994년 6월 『아리랑』 제1부 「아, 한반도」를 3권의 단행본으로 출간(도서출판 해냄). 8월 제2부 「민족혼」을 3권의 단행본으로 출간. 10월 제3부 「어둠의 산하」 중 일부가 제7권으로 출간. 12월 제8권 출간. 신문 연재로는 원고량을 다 소화할 수가 없어서 《한국일보》 연재를 중단하고 후반부 집필에 전념. 4월에 8개의 반공 우익 단체들이 작품 『태백산맥』과 작가를, 역사를 왜곡하여 국가보안법을 위반한 불온 서적 및 사상 불온자로 몰아 검찰에 고발함. 거기에다 이승만의 양자에 의해 이승만의 명예훼손죄 고발도 첨가됨. 6월에 치안본부 대공수사실(속칭 남영동)에서 수사를 받았고, 그 후 몇 개월에 걸쳐 출두 요구와 거부를 반복하는 동안에 『아리랑』 집필에 치명적인 피해를 받음. 『태백산맥』 영화화(태흥영화사), 영화 개봉을 앞두고 작가를 고발했던 반공 우익 단체들이 영화를 상영하면 극장과 영화사를 폭파하고 불 지르겠다고 공공연한 공갈 협박을 자행하여 대대적인 사회의 물의를 일으킴. 전국 애장가 720명이 뽑은 '가장 아끼는 책' 1위 『태백산맥』(《한겨레신문》, 1994. 10. 5).

1995년 2월 『아리랑』 제3부 「어둠의 산하」 중 일부인 제9권 출간. 5월 제4부 「동트는 광야」 중 일부인 제10권 출간. 7월 25일 총 2만 매의 『아리랑』 집필 완료, 4년 8개월 만의 결실. 7월 제11권 출간. 8월 해방 50주년을 맞이하며 제12권 출간(전 12권). 『태백산맥』을 출판사를 옮겨서 출간(도서출판 해냄). 「조정래 특집」(《작가세계》 가을호). 서울대학교 신입생 218명이 뽑은 '가장 감명 깊게 읽은 책' 1위 『태백산맥』, '가장 읽고 싶은 책' 1위 『태백산맥』(《한겨레신문》, 1995. 3. 15). '우리 사회에 가장 영향력이 큰 책' 《시사저널》 조사 2위 『태백산맥』, 3위 『아리랑』(《시사저널》, 1995. 10. 26). 20대 남녀 독자 294명이 뽑은 '가장 읽고 싶은 책' 1위 『아리랑』(《도서신문》, 1995. 12. 30). 《한겨레 21》의 독자들이 뽑은 '1995년의 좋은 인물'에 선정(《한겨레 21》, 1995. 12. 28). 사회 각 분야 전문가 47인이 뽑은 '올해의 좋은 책' 1위 『아리랑』(《출판문화》, 1995, 송년 특집호). 1천만 명 서명을 목표로 하는 '태백산맥·아리랑 작가 조정래 노벨문학상 추천 서명인 발대식'이 1995년 11월 28일 종로 탑골공원에서 시민 단체 자발로 이루어짐(《중앙일보》, 1995. 11. 30).

1996년 단일 주제 비평서인 『태백산맥』 연구서 『태백산맥 다시 읽기』 권영민 집필로 출간(도서출판 해냄). 『아리랑』 연구서 『아리랑 연구』 조남현 외 11인의 집필로 출간(도서출판 해냄). 세 번째 대하소설을 위해 독일, 프랑스, 미국 등 취재 여행. 중편 「유형의 땅」 이탈리아어로 번역. 프랑스 아르마땅 출판사와 『아리랑』 전 12권 완역 출판 계약 체결. 일본에서 『태백산맥』 완역과 마찬가지로 프랑스에서 한국의 대하소설을 완역 계약한 것은 최초의 일. 미혼 직장 여성 502명이 뽑은 '친구에게 가장 권하고 싶은 책' 1위 『태백산맥』, 3위 『아리랑』, '가장 감명 깊게 읽은 책' 1위 『태백산맥』, 4위 『아리랑』(《동아일보》《조선일보》, 1996. 1. 18). 전국 20세 이상 독자 1천 2백 명이 뽑은 '가장 기억에 남는 소설' 1위 『태백산맥』(《동아일보》,

1996. 4. 29). '우리 사회에 가장 영향력이 큰 책'《시사저널》
조사 1위『태백산맥』, 5위『아리랑』(《시사저널》, 1996. 10. 24).

1997년   새 대하소설을 위해 베트남, 사우디아라비아 등 취재 여행.
『태백산맥』1백 쇄 출간 기념연'을 3월 6일 프라자호텔에서
개최(주최·도서출판 해냄), 증정본 겸 기념본으로『태백산맥』
양장본 1백 질을 제작. 대하소설로 1백 쇄 발간은 최초의 일
이며, 450만 부 돌파는 한국 소설사 1백 년 동안의 최고 부
수라고 각 언론이 보도. 3월부터 동국대학교 첫 번째 만해석
좌교수가 됨. 장편『불놀이』영역판(전경자 교수 번역)이 미국
코넬대학 출판부에서 출간. 프랑스 유네스코에서『불놀이』
번역 시작. 각 대학 수석 합격자 40명이 뽑은 '후배들에게 가
장 권하고 싶은 소설' 1위『태백산맥』, 5위『아리랑』(《중앙일
보》, 1997. 2. 25). 전국 국문과 대학생 150명이 뽑은 '가장 좋
은 소설' 1위『태백산맥』, 4위『아리랑』(《조선일보》, 1997. 5. 15).
서울대학생 1천 명이 뽑은 '가장 감명 깊게 읽은 소설' 1위
『태백산맥』, 4위『아리랑』(《조선일보》, 1997. 7. 23). 1997년 서
울 6개 대학 도서관의 문학 작품 대출 1위『태백산맥』(《동아
일보》, 1997. 12. 28). 전남 보성군청에서 추진하던 '태백산맥
문학공원' 사업이 자유총연맹과 안기부의 개입·방해로 전면
좌초(《시사저널》, 1997. 9. 18).

1998년   『아리랑』프랑스어판 제1부 3권이 4월 말에 출간(아르마땅 출
판사). 문예진흥원 번역 지원으로 작품집『유형의 땅』프랑스
어로 번역 시작. 세 번째 대하소설『한강』《한겨레신문》창간
10주년을 기념하여 5월 15일부터 연재 시작.『태백산맥』사
건은 이때까지도 미해결인 채 국가보안법 위반 혐의자로 검

찰에 걸려 있음. 20·30대 사무직 남·여 6백 명이 뽑은 '지금 까지 살아오면서 가장 기억에 남는 책'(전세계의 작품을 대상) 한국출판연구소 조사 남자 국내 1위 『태백산맥』, 여자 국내 1위 『태백산맥』(《동아일보》, 1998. 4. 21). 서울대학 도서관 대출 1위 『아리랑』(《조선일보》, 1998. 7. 23). 제1회 노신(魯迅)문학상 수상.

1999년   《한국일보》 조사, 문인 1백 명이 뽑은 지난 1백 년 동안의 소설 중에서 '21세기에 남을 10대 작품'에 『태백산맥』 선정 (《한국일보》, 1999. 1. 5). 《출판저널》 특별 기획, 각 분야 지식인 1백 인이 선정한 '21세기에도 빛날 20세기 책들(국내 모든 저작물 대상) 36종에 『태백산맥』 선정됨(《출판저널》 1999년 신년 특집 증면호). 《한겨레 21》 창간 5돌 특집, 전국 인문·사회계열 교수 129명이 뽑은 '20세기 한국의 지성 150인'에 선정됨(《한겨레 21》, 1999. 3. 25). MBC TV 〈성공시대〉 70분 특집 방영 '소설가 조정래'. 『조정래문학전집』 전 9권(도서출판 해냄) 출간. 『태백산맥』 일어판 1·2권(집영사) 출간. 장편 『불놀이』 프랑스 유네스코에서 프랑스어판(아르마땅 출판사) 출간. 소설집 『유형의 땅』이 문예진흥원 선정으로 프랑스어판 (아르마땅 출판사) 출간. 출판인 50인이 뽑은 20세기 최고 작가 2위(《세계일보》, 1999. 12. 18). 《중앙일보》 선정 '20세기 명저 국내 20선(국내 모든 분야 망라)'에 『태백산맥』 선정됨(《중앙일보》, 1999. 12. 23). 《중앙일보》 선정 '20세기 한국의 베스트셀러'에 『태백산맥』 『아리랑』이 동시에 선정. 30개 중에서 한 작가의 두 작품이 동시에 선정된 것은 유일함(《중앙일보》, 1999. 12. 23).

2000년 『태백산맥』일어판 10권 완간(집영사). 9월 29일, 『아리랑』의 발원지인 전북 김제시에서 시민의 이름으로 '조정래 대하소설 아리랑 문학비'를 벽골제 광장에 세우고, 제1호 명예시민증 수여. 그날 10시 29분에 첫손자 재면(在勉)이가 태어나 희한한 겹경사를 이룸.

2001년 「어떤 솔거의 죽음」이 그림을 곁들인 청소년 도서로 출간(다림출판사). 광주시 문화예술상 수상. 자랑스러운 보성(普成)인상 수상. 11월 『한강』 제1부 「격랑시대」를 3권의 단행본으로 출간(도서출판 해냄). 12월 제2부 「유형시대」를 3권의 단행본으로 출간.

2002년 1월 3일 총 1만 5천 매의 『한강』 집필 완료. 3년 8개월 만의 결실. 1월 『한강』 제3부 「불신시대」의 일부를 2권의 단행본으로 출간. 2월 「불신시대」의 나머지를 2권의 단행본으로 출간. 『한강』 전 10권 완간. 1월 17일 작품 집필 때문에 6개월 동안 미루어왔던 탈장 수술 받음. 12월 등단 33년 만에 첫 번째 산문집 『누구나 홀로 선 나무』 출간(문학동네).

2003년 중편 「안개의 열쇠」《실천문학》, 단편 「수수께끼의 길」《문학사상》 발표. 2월 'Yes24 회원 선정 2002년의 책'에서 『한강』이 남자 1위, 여자 2위. 3월 만해대상 수상. 4월 제1회 동리문학상 수상. 5월 프랑스 아르마땅 출판사에서 『아리랑』 전 12권 완역 출간. 유럽 지역에서 한국의 대하소설이 완간된 것은 최초의 일. 5월 16일 전북 김제시에서 건립한 '조정래 아리랑 문학관' 개관식 개최. 생존 작가의 문학관이 세워진 것은 처음 있는 일. 둘째 손자 재서(在緖) 태어남.

2004년 4월 30일 프랑스의 시인이며 극작가인 테르지앙(Terzian)이

『아리랑』을 희곡화하여, 『분노의 나날』로 출간(아르마땅 출판사). 7월 1일 희곡집 『분노의 나날』을 『분노의 세월』로 시인 성귀수 씨가 번역 출간(도서출판 해냄). 8월 20일 『태백산맥』 프랑스어판 제1권 출간(아르마땅 출판사). 9월 1일 중편 『유형의 땅』이 독어판으로 출간(독일 페페르코른 출판사). 12월 15일 만화 『태백산맥』 1권이 박산하 씨 그림으로 출간(더북컴퍼니 출판사). 12월 20일 『태백산맥』 일어판 문고본 계약(일본 집영사).

2005년　단편 「미로 더듬기」《현대문학》. 1월 1일 《문화일보》 2005년 신년 특집으로 〈광복 60돌 '한국을 빛낸 30인'〉에 선정. 5월 26일 순천시에서 '조정래 길'을 지정하고 표지석 개막식 개최(낙안 구기-승주 죽림 사이). 4월 1일 서울지방검찰청에서 『태백산맥』 고소 고발 사건에 대해 만 11년 만에 무혐의 결정 내림. 5월 20일 MBC TV에서 〈조정래〉 3부작 제작(『태백산맥』 고소 고발 사건의 발단과 수사 경과, 무혐의 결정이 내려지기까지의 전 과정). 6월 23일 인터넷 서점 Yes24와 포털 사이트 네이버가 '네티즌 추천 한국 대표 작가 - 노벨문학상 후보를 추천해 주세요'에서 네티즌 6만 명이 참여해 조정래를 1위로 선정. 또, '한국인에게 큰 감동을 준 작품'으로 『태백산맥』을 1위로 선정. 8월 10일 장편 『불놀이』 독어권 이기향 씨 번역으로 출간(페페르코른 출판사). 8월 15일 『태백산맥』 프랑스어판 3권 출간. 8월 13~21일 인천시립극단에서 광복 60주년 기념 특별 공연으로 연극 〈아리랑〉을 인천종합문화예술회관에서 공연. 10월 5일 MBC TV와 『태백산맥』 드라마 계약.

2006년 장편 『인간 연습』 분재 1회 《실천문학》. 3월 15일 『태백산맥』
프랑스어판 4권 출간. 4월 10일 〈한국소설 베스트〉 시리즈
로 『유형의 땅』 포켓북 출간(일송포켓북). 4월 15일 「미로 더
듬기」로 현대불교문학상 수상. 6월 28일 장편 『인간 연습』 출
간(실천문학사). 장편 『오 하느님』 분재 1회 《문학동네》, 10월
15일 『태백산맥』 프랑스어판 5권 출간.

2007년 1월 5일 한국 문학 대표작 선집 27 『황토』 출간(문학사상사).
3월 21일 장편 『오 하느님』 단행본 출간(문학동네). 4월 20일
『태백산맥』 프랑스어판 6권 출간. 8월 10일 조정래소설집 『어
떤 전설』 출간(책세상). 10월 25일 '큰 작가 조정래의 인물 이야
기(위인전 시리즈)' 첫 다섯 권(신채호, 안중근, 한용운, 김구, 박태
준) 출간(문학동네). 11월 30일 『태백산맥』 프랑스어판 7, 8, 9권
출간. 12월 27일 『태백산맥』 프랑스어판 전 10권 완간.

2008년 4월 7일 KYN과 『아리랑』 TV 드라마 계약. 4월 10일 『교과서
한국문학』 시리즈 조정래편 5권 출간(휴이넘 출판사). 2007년
출간한 장편소설 『오 하느님』을 『사람의 탈』로 제목을 바꿔
개정 출간. 5월 1일 『죽기 전에 꼭 읽어야 할 책 1001』에 『태
백산맥』이 선정됨. 서기 850년경에 씌어진 『아라비안나이트
(천일야화)』에서부터 최근에 이르기까지 1200여 년 동안 발
표된 전 세계의 소설을 대상으로 평론가·학자·작가·언론인
등으로 구성된 국제적인 전문가 집단이 참여하여 1001편을
가려 뽑은 책으로 우리나라 작품으로는 『태백산맥』과 『토
지』가 뽑혀 수록됨(영국 카셀 출판사, 번역서 마로니에북스).
11월 20일 '큰 작가 조정래의 인물 이야기' 제6권 『세종대왕』,
제7권 『이순신』 출간(문학동네). 11월 21일 '조정래 태백산맥

문학관' 개관식(전남 보성군 벌교읍 회정리『태백산맥』이 시작되는 지점). 12월 11일 '자랑스러운 동국인상' 수상. 12월 23일 '사회 각 분야 가장 존경받는 인물' – 문학 분야 1위로 선정됨(《시사저널》제 1000호 기념 특대호 특집).

2009년   3월 2일『태백산맥』200쇄 돌파 기념연 개최(도서출판 해냄). 대하소설로 200쇄 돌파는 최초. 자전 에세이『황홀한 글감옥』출간(시사IN북). 11월 18일 장애문화예술인들을 위한 'Art 멘토 100인 위원회 1호' 위원으로 위촉됨(한국장애인문화진흥회).

2010년   장편소설『허수아비춤』을 계간지《문학의 문학》여름호에 600매 분재함과 동시에, 인터넷서점 인터파크에도 2개월간 60회로 연재한 후 10월 1일 단행본으로 출간(도서출판 문학의문학). 11월 10일 장편『불놀이』, 12월 1일 장편『대장경』개정판 출간(도서출판 해냄). 12월 2일 경남 창원에서 '고려대장경 팔각 불사 1000년 기념'으로 장편『대장경』을 오페라로 공연(경남음악협회). 12월 22일 장편『허수아비춤』이 독자들이 뽑은 '2010 최고의 책'으로 시상식 거행(인터파크 도서). 12월 26일 장편『허수아비춤』이 '2010 네티즌 선정 올해의 책'이 됨(Yes24).

2011년   4월 대하소설『태백산맥』『아리랑』『한강』전자책 출시, 이와 동시에 장편소설 및 중단편소설집도 개정 출간과 동시에 전자책 출시 결정. 4월 25일 초기 단편 모음집『상실의 풍경』개정판 출간, 5월 30일 중편「황토」와 7월 25일 중편「비탈진 음지」를 장편으로 전면 개작해 단행본『황토』『비탈진 음지』로 출간, 10월 10일『어떤 솔거의 죽음』개정판 출간(이상 모두 도서출판 해냄).

2012년	2월 유비유필름과 『태백산맥』 드라마판권 계약. 4월 영국 놀

2012년　2월 유비유필름과 『태백산맥』 드라마판권 계약. 4월 영국 놀리지펜 출판사와 『태백산맥』의 영어·러시아어 번역출간 계약. 4월 30일 『외면하는 벽』 개정판 출간(도서출판 해냄). 7월 중편 「유형의 땅」이 전경자의 영어번역으로 영한대역 『유형의 땅』으로 출간(도서출판 아시아). 9월 30일 『유형의 땅』 개정판 출간(도서출판 해냄), 11월에는 《출판저널》이 뽑은 '이달의 책'으로 선정됨. 10월 5일 『사람의 탈』 영어판 출판(Merwin Asia). 『금서의 재탄생』(장동석 저, 북바이북)과 『금서, 시대를 읽다』(백승종 저, 산처럼)에서 금서로서의 『태백산맥』을 집중 조명함.

2013년　2월 23일 참여연대로부터 공로패 받음. 2월 25일 단편집 『그림자 접목』 개정판 출간(도서출판 해냄). 3월 대하소설 『아리랑』의 뮤지컬 제작을 위해 신시컴퍼니(대표 박명성)와 판권 계약 체결. 3월 25일부터 인터넷 포털 사이트 네이버에 『정글만리』 일일연재를 시작, 7월 10일 108회를 끝으로 연재 종료와 동시에 7월 12일 단행본 전3권으로 출간(도서출판 해냄). 10월 7일 『정글만리』 중국어판 출판계약 체결. 『정글만리』에 대해; 10월 7일 문화계 인사 60인이 선정한 '2013 출판부문 1위'. 10월 24일 《중앙일보》·교보문고 공동 선정한 '2013년 올해의 좋은 책 10'. 11월 26일 제23회 한국가톨릭 매스컴상 수상(출판부문). 12월 9일 출간 5개월 만에 100만 부 돌파 최단 기록. 12월 11일 한국예술평론가협의회 선정 제33회 '올해의 최우수 예술가상' 수상(문학부문). 12월 14일 《동아일보》가 선정한 '2013 올해의 책'. 12월 20일 Yes24 네티즌 선정 '2013년 올해의 책' 1위. 12월 21일 《조선일보》가 선정한 '2013년 올해의 책'. 12월 26일 인터파크도서 '제8회 인터파크 독자 선정 2013 골든북 어워즈'에서 골든북 1위, 골든북 작가부문 1위. 12월 30일 알라딘 독자 선정 '2013년 올해의 책' 1위.

2014년   1월 8일 《매일경제》·교보문고 공동 선정 '2014년을 여는 책 50'. 1월 10일 국립중앙도서관 통계, '2013년 도서관에서 가장 많이 이용한 도서' 1위. 3월 15일 『정글만리』 100쇄 돌파(『태백산맥』 2번, 『아리랑』 1번에 이어 네 번째 100쇄 돌파가 됨). 6월 12일 벌교읍 부용산 아래, 복원된 보성여관(소설 속의 남도여관)으로 이어진 '태백산맥길' 첫머리에 조성된 '태백산맥 문학공원 기념조형물 제막식'이 열림. 높이 3미터, 길이 23미터의 조형물에는 작가의 약력, 『태백산맥』에 대한 평가, 『태백산맥』의 줄거리, 그리고 작가의 흉상이 조각되어 있다. 그런데 그 조각은 모두를 놀라게 할 만큼 특이하고도 독창적이다. 조각가인 서울대학교 이용덕 교수는 세계 최초의 기법인 '역상(逆像) 조각'으로 그 창조성을 감동적으로 보여주고 있다. 9월 20일 제1회 심훈문학대상 수상. 12월 15일 인터뷰집 『조정래의 시선』 출간(도서출판 해냄).

2015년   6월 15일 『아리랑 청소년판』 출간(조호상 엮음, 백남원 그림, 도서출판 해냄). 7월 11일 뮤지컬 〈아리랑〉 개막(신시컴퍼니).

조정래 사진 여행

길

초판 1쇄 2015년 8월 5일
초판 2쇄 2016년 6월 5일

저자 / 조정래
발행인 / 송영석
발행처 / (株)해냄출판사

등록번호 / 제10-229호
등록일자 / 1988년 5월 11일(설립일자 | 1983년 6월 24일)

04042 서울시 마포구 잔다리로 30 해냄빌딩 5·6층
대표전화 / 326-1600 팩스 / 326-1624
홈페이지 / www.hainaim.com

ⓒ 조정래, 2015

ISBN 978-89-6574-488-7

이 도서의 국립중앙도서관 출판예정도서목록(CIP)은 서지정보유통지원시스템 홈페
이지(http://seoji.nl.go.kr)와 국가자료공동목록시스템(http://www.nl.go.kr/kolisnet)
에서 이용하실 수 있습니다.(CIP제어번호: CIP2015018705)